Eva-Maria Engelmann

Ein schlesisches Mädchen
Kindheits- und Jugenderinnerungen

Herausgegeben von Carmen Rosa Gorak

Bibliografische Information der Deutschen Nationalbibliothek:
Die Deutsche Nationalbibliothek verzeichnet diese Publikation in der Deutschen Nationalbibliografie; detaillierte bibliografische Daten sind im Internet über http://dnb.dnb.de abrufbar.

© 2013 Eva-Maria Engelmann
Herausgegeben von Carmen Rosa Gorak

**Alle Rechte vorbehalten.
Ein Nachdruck oder eine andere Verwertung ist nur mit schriftlicher Genehmigung der Autorin gestattet.**

Herstellung und Verlag: BoD – Books on Demand, Norderstedt

ISBN: 978-3-7322-3265-9

Inhaltsverzeichnis „Ein schlesisches Mädchen"

Vorwort   Seite 7

Die Geschichte meiner Familie   Seite 9

Kindheit während des Krieges   Seite 29

Die Flucht nach Süddeutschland   Seite 51

Aufbruch in den Norden   Seite 71

Rückkehr in die verlorene Heimat   Seite 113

Vorwort

Diese Erinnerungen widme ich meinen geliebten Töchtern Katrin und Birgit. Im Frühsommer 2011 besuchte ich zusammen mit meinen Töchtern und meinen Enkelkindern Henrik, Merle, Anike und Birte die Stätte meiner Kindheit in Bad Ziegenhals. Wir lernten deutsch-polnische, sehr freundliche Menschen kennen, mit denen wir uns abends im Biergarten unseres Hotels trafen. Wir verlebten dort einige fröhliche und erlebnisreiche Tage. Auch die Kinder hatten viel Spaß. Wenn ich wieder einmal von damals erzähle, haben meine Kinder gleich eine bildliche Vorstellung.

Meine Niederschrift basiert auf vielen Erinnerungen als Kind, Jugendliche und junge Frau. Die Dimensionen waren andere als aus heutiger Sicht. Die Straßen sah ich damals breiter, länger und unsere Wohnung entschieden größer. Wenn ich als Kind an der Hand meines Vaters (ca. 178 cm groß) ging, war sein

Schritt riesig, während ich zwei bis drei Schritte trippelte.

Die ersten Jahre meines Lebens in der Familie und meiner schlesischen Heimat haben mich fürs Leben geprägt, und zwar unauslöschlich. Die Erinnerungen an Schlesien trage ich dankbar im Herzen.

Eva-Maria Engelmann, im November 2013

Die Geschichte meiner Familie

Im März 1936 wurde ich in Ottmachau/Oberschlesien als erstes Mädchen nach drei Brüdern geboren. Meine beiden ältesten Brüder wurden in dem Ort Schubertskrosse geboren, dem Heimatstädtchen meiner Mutter. Mein Vater versah dort seinen Dienst als Polizeibeamter an der tschechoslowakischen Grenze. Anfang der 30er Jahre wurde mein Vater nach Ottmachau versetzt, wo dann mein Bruder Siegfried und ich drei Jahre später zur Welt kamen. Ottmachau besaß einen herrlichen Stausee, an dem Papa mit Begeisterung angelte.

Mein Bruder Odo war zur Zeit meiner Geburt mit seinen neun Jahren der Älteste, danach kamen mein Bruder Karl-Heinz mit seinen sechs Jahren und als letztes mein Bruder Siegfried, zur Zeit meiner Geburt gerade mal drei Jahre alt. Sehr willkommen war ich bei meinen Brüdern nicht. Als sie von Mama auf die Ankunft eines Geschwisterchens vorbereitet wurden, waren sich alle drei einig: Eine Schwester kommt sofort in den Kaninchenstall! Als ihnen die Hebamme mich als Neugeborenes überreichen wollte, liefen sie weinend aus dem Zimmer. Sie begannen dann doch mich zu akzeptieren und wir hatten später ein sehr herzliches Verhältnis zueinander.

Die vier Geschwister mit einer Freundin (links), 1938

Die Ankunft meiner Schwester

Als ich 4 Jahre alt war und wir bereits auf dem Benediktsberg in Bad Ziegenhals wohnten, wurde im Jahre 1940 meine Schwester Katharina geboren. Zu diesem Zeitpunkt setzt meine Erinnerung ein. Ich weiß noch, wie mich die Hebamme, Frau Dinter, über mein Kinderbett hielt, um mir den Neuankömmling zu zeigen. Von da an gehörte mir mein Kinderbettchen nicht mehr und ich musste künftig in einem großen Bett im Zimmer meiner Brüder schlafen.

Als meine kleine Schwester schon gut laufen und sprechen konnte, wurde sie meine ständige Begleiterin. Fortan hatte ich mein Spielzeug und später auch meine Freundinnen mit ihr zu teilen. Wohin ich auch ging, meine Schwester war dabei. Jedes Mal, wenn ich mich schon mit meinem Puppenwagen zum Spaziergang auf dem Bürgersteig befand, rief mir meine Mutter aus dem Fenster prompt zu: „Nimm's Käthl mit". Sie schob meinen Puppenwagen und ich durfte an der Seite mit anfassen, andernfalls hätte es lautstarken Protest gegeben. Wir waren aber nicht nur Schwestern, sondern wurden im Laufe der Zeit auch Freundinnen.

Bad Ziegenhals/ Benediktsberg

An Bad Ziegenhals von damals kann ich mich noch sehr gut erinnern. Mein Heimatstädtchen liegt ein wenig verträumt am Fuße des Altvatergebirges. Mit seinen damals etwa 10.500 Einwohnern war es ein sehr beliebter Erholungsort. Es gab kaum Autoverkehr, nur der Milchmann mit Pferd und Wagen erschien einmal am Tag. Während der Kriegszeit wurden alle Privatwagen beschlagnahmt und für Kriegszwecke eingezogen. Wir Kinder konnten somit gefahrlos und ohne Verbote auf der Straße Ball spielen, rollern und fangen spielen. Die begüterten Kurgäste kamen hauptsächlich aus Berlin und kurten in den exklusiven Kurhotels.

Wenn ich an Bad Ziegenhals denke, denke ich auch an strenge Winter mit hohem Schnee, der Mitte November fiel und erst Mitte März um meinen Geburtstag taute. Im Winter wurden mittags Ziegelsteine zum Aufheizen in den Kachelofen gelegt, die wir abends dann einzeln in Handtücher wickelten und für die Füße in die Betten legten. Gleich wurde es kuschelig warm im Bett. Der Frost zauberte uns wunderschöne Eisblumen an die Fenster, die gegen Mittag, wenn die Wohnung wieder wohlig warm beheizt war, weggetaut waren. Ab Mitte März lagen nur noch Schneereste am Straßenrand. Bald darauf zeigten sich die ersten Schneeglöckchen. Ostern konnten wir die bunt bemalten Eier im Garten suchen. Kurz danach durften wir zum ersten Mal im Jahr Kniestrümpfe anziehen. Der Sommer kam mit warmer, trockener Luft und viel Sonne zu uns. Auch heftige Gewitter tobten mitunter. Dann zündete Mama eine Kerze an und wir beteten kniend. Nur wenige Häuser waren schon durch Blitzableiter gesichert. Seit meine Mutter als junges Mädchen einen heftigen Blitzeinschlag in eine Linde unmittelbar vor ihrem Elternhaus erlebte, beschlich sie bei jedem Gewitter ein ungutes Gefühl.

Von den glasklaren, reinen Gewässern in dieser Gegend gingen keinerlei Gefahren aus. Zwischen dem Fluss Biele und dem steil ansteigenden Berg verlief ein lauschiger, von dichten Bäumen gesäumter Weg. An diesem Weg befand sich eine Bergquelle, an der sich Eingeweihte ihr Kaffeewasser in Kannen und Krügen holten. So geschah es schon seit Jahrzehnten. Es handelte sich um besonders gutes Wasser. Über die Biele führte eine Hängebrücke, auf der ich als Kind wild schaukelte. Im vergangenen Jahr vergnügten sich meine Enkelkinder ebenfalls auf dieser Brücke. Ein berührender Anblick!

Unsere Promenadenstraße, die von Bäumen gesäumt wurde, konnte man gut in 20 Minuten passieren. Sie reichte damals vom Stadtring bis zum Heisigberg, wo das Gebirge sanft seinen Anfang nahm. Auf diesem Berg übten wir Kleinen unsere Schlitten- und Skikünste. Der Heisigberg stieg weiter an und ging dann in den Holzberg über. Da war man auch schon am Waldrand. Und ein paar hundert Meter weiter lag das Waldbad zwischen Bäumen eingebettet. Das Bad mit drei verschieden großen und tiefen Becken bot allen Altersklassen die Möglichkeit für eine gesunde Betätigung, sei es zum Schwimmen oder eben nur zum Plantschen. An das Badegelände schloss sich ein idyllischer Park an, allerdings nicht eben, sondern etwas steiler an einem Berghang gelegen. Unten befanden sich ein Tretbecken, ein Armbecken, ein Kinderspielplatz und ein Hotel. Wie fast alle Hotels wurde auch dieses im Kriege als Lazarett genutzt.

Auf dem Benediktsberg bewohnten wir die erste Etage eines Zweifamilienhauses. Hinter dem Haus befanden sich, hintereinander angeordnet, drei große Teiche, die einer Brauerei gehörten. Am ersten Teich gleich hinterm Haus frönte mein Vater seiner Leidenschaft, dem Angeln. Auch meine Brüder waren schon bald von diesem „Virus" angesteckt. Mama und ich schauten meistens zu und nahmen dann die gefangenen Karpfen mit in die Küche. Da seinerzeit die Küchen noch nicht mit Kühl- oder Gefriergeräten ausgestattet waren, mussten die Fische schnellstens zubereitet und verzehrt werden. Einmal stand Mama auf dem schmalen Rasenstück zwischen den Teichen und sah den Anglern zu. Als ich an ihr vorbeilaufen wollte, schubste ich sie aus Versehen ins Wasser. Glücklicherweise war der Teich an dieser Stelle nicht sehr tief und sie hatte schnell wieder trockenen Boden unter ihren Füßen. Dieses Missgeschick hatte sie mir wortlos verziehen. Damals war ich etwa drei Jahre alt.

An ein weiteres Erlebnis kann ich mich auch gut erinnern. Zu einer bestimmten Jahreszeit traten Frösche ihre Wanderung zu den Teichen an. Dann ging es zu Hunderten, ja Tausenden am Haus vorbei zum Wasser. Deshalb wurde unser Haus auch „Froschvilla" genannt. Ihr aufgeregtes, lautes Quaken konnten wir in allen Zimmern hören. Sobald die Tiere das Wasser erreicht hatten, verebbten auch ihre Stimmen. Wenn man auf die Straße schaute, konnte man die Reifenspuren der Fahrzeuge in den überfahrenen Froschprozessionen erkennen. Schaurig.

Meine Großmutter

Unsere Oma mütterlicherseits lebte in unserer Familie, wie es früher üblich war. Oma war schon lange verwitwet und meinen Opa habe ich nie kennengelernt. Opa war entschieden älter als sie. Als Witwer hatte er zwei erwachsene Söhne mit in ihre Ehe gebracht. Nach seinem Tod lebte sie lange als Witwe bei uns. Sie bewohnte ein eigenes kleines Zimmer mit einer Tür zum Wohnzimmer und einem Ausgang direkt in den Hausflur. Es war wohltuend, dass Oma immer da war, besonders wenn wir Kinder Bauchweh oder Kummer hatten. Sie gehörte ganz einfach zu uns und behütete uns immer gut. Im Sommer saß sie mit uns im Garten und passte auf uns auf. An den langen Winterabenden verweilte sie mit uns im Wohnzimmer, nähte Knöpfe an, stopfte Socken oder flickte unsere Wäsche. Dabei erzählte sie uns die schönsten Märchen. Unser großer grüner Kachelofen verbreitete dazu eine wohlige Wärme. Siegfried war ihr Lieblingsenkel. Jeden Morgen vor der Schule schlüpfte er noch kurz zu ihr zum Kuscheln unter die Bettdecke. War er spät dran, versäumte er trotzdem nicht, sich von ihr zu verabschieden.

Meine Großmutter, meine Mutter und mein Onkel Georg in Schubertskrosse um 1920

Meine Mutter

Unsere Mutter war eine bildhübsche Frau, mittelgroß, mit dunklem Haar und blauen Augen. Bescheidenheit, Sanftmut und Sensibilität zeichneten sie aus. Sie konnte leiden ohne zu klagen. Ihr starker Glaube verlieh ihr viel Kraft. Zusammen mit ihrem jüngeren Bruder Georg wuchs sie sehr behütet in einem gutbürgerlichen Elternhaus auf. Traditionsgemäß besuchte sie die von Nonnen geführte St. Ursula-Schule. Zudem wurde sie in Gesang, Klavierspiel und Malerei unterrichtet. Auch feine Handarbeiten wie Häkeln und Sticken gehörten zu ihrer Ausbildung. Damit wurde sie auf die Ehe und das Familienleben vorbereitet.

Allein durch ihre Ausdrucksweise merkte man ihr die gute Erziehung an. Kraftausdrücke waren ihr fremd. Dagegen gehörten französische Vokabeln wie Trottoir, Parapluie, Perron, Coupé usw. in der Familie zum Sprachgebrauch. Als ich einmal als Elfjährige vom Spielen mit meinen Freundinnen nach Hause kam, erzählte ich Mama, dass Inges große Schwester schwanger sei. Ich wusste nicht, was das bedeutete und fragte sie danach. Zur Antwort erhielt ich die Frage: „Kind, woher hast du diesen Ausdruck? Es heißt, sie ist in anderen Umständen oder sie trägt ein Kind unter ihrem Herzen". Dass ihr die gute Erziehung und Ausbildung nach dem Krieg nicht viel nutzen würde, konnte damals niemand erahnen.

Mama hatte mit unserer großen Familie viel Arbeit. Oma und unser Dienstmädchen Gertrud unterstützten sie dabei. Und einmal wöchentlich kam auch die Waschfrau. In unserem Hinterhof gleich neben dem Garten stand das Waschhaus. Darin befanden sich ein großer Waschkessel, der mit Kohle beheizt werden musste, verschiedene Zinkwannen, Schüsseln und Eimer. Bearbeitet wurde besonders schmutzige Wäsche mit einer Rumpel, also einem Waschbrett. Die Waschfrau war damit einen ganzen Tag lang beschäftigt. Die Wäsche trocknete auf einer Leine im Garten. Im Winter wurden die weißen Bettlaken und Tischdecken zum Bleichen auf den frischen Schnee im Garten gelegt. Ebenso erhielten die Teppiche eine Reinigung und Farbauffrischung, indem sie auf den Schnee gelegt und geklopft wurden. Zum Bügeln wurde ein glühender Bolzen mit der Zange in eine Öffnung an der hinteren Breitseite des Bügeleisens geschoben. Ein weiterer Bolzen lag zum Auswechseln im Feuer. Hausarbeit war damals nicht nur viel zeitaufwendiger als heute, sondern auch körperliche Schwerstarbeit.

Mama nahm mich jeden Tag mit zum Bauern, um in einer Kanne frische Milch zu holen. Während Mama in das Bauernhaus hineinging, um sich die Milch eingießen zu lassen, hielt ich mich lieber davor auf der Straße auf. Quer über die Straße verliefen Eisenbahnschienen. Manchmal hatte ich Glück und die Schranken wurden heruntergelassen, weil sich ein Zug ankündigte. Dann stellte ich mich in die Lamellen der Schranken und schaukelte solange, bis der Zug passiert hatte. Einmal stieg ich nicht früh genug aus den Lamellen und wurde ein Stück weit mit hochgekurbelt. Der Schrankenwärter saß in seinem Häuschen etwa 100 m weiter hinter einer Biegung, so dass er von meinem Malheur nichts sehen konnte. Als mich Mama da oben hängen sah, eilte sie erschrocken zum Wärterhäuschen. Der Wärter kurbelte die Schranken schnell wieder herunter. Ich stieg aus den Lamellen und Mama nahm mich überglücklich in ihre Arme. Sie hat nicht geschimpft, und ich habe nie wieder geschaukelt.

Wir Kinder erhielten eine strenge Erziehung und hatten genau die Zehn Gebote zu befolgen. Zudem mussten wir sonntags die Hl. Messe besuchen, regelmäßig die Hl. Sakramente (Beichte und Hl. Kommunion) empfangen und morgens, vor und nach dem Mittagessen sowie abends vor dem Einschlafen beten. Die Fastenzeit wurde selbstverständlich eingehalten, und so gab es am Freitag kein Fleisch. Karfreitag durfte auch nicht gelacht werden, sondern wir mussten uns schweigsam verhalten. Meine Eltern achteten sehr auf tadelloses Benehmen, Höflichkeit, adrette Kleidung und Bescheidenheit. Als kleines Mädel an Mamas Hand unterhielt sich Mama einmal mit einer Nachbarin. Diese bemerkte, was ich für eine schöne dunkle Stimme hätte. Daraufhin deutete Mama ihr an, dass ich so etwas nicht hören sollte. Ich durfte doch nicht eitel werden.

Meine Mutter und Siegfried, 1933

Mein Vater

Mein Vater war eine äußerst respektable Person, schon allein aufgrund seiner stattlichen Erscheinung: groß, schlank, blauäugig, blond „mit breitem Scheitel" und mit Schnurrbart. Er wurde oft mit Bismarck verglichen. Er stammte aus einer protestantischen Försterfamilie mit elf Kindern. Zwei Kinder waren jedoch gleich nach der Geburt gestorben. Einige Brüder fielen im 1. Weltkrieg. Wenn Papa von seinen Geschwistern erzählte, erwähnte er hauptsächlich Schwester Franziska und die Brüder Hermann und Wilhelm. Mein Großvater, ein Förster, lebte mit seiner großen Familie in einem Forsthaus mitten im Wald in Pommern. Sie lebten zwangsläufig sehr einfach und naturverbunden. Wenn eines der Kinder erkrankte, erhielt es bewährte Hausmittel. Je nach Beschwerden wurde ihnen Rizinusöl oder bei offenen Wunden Quarkwickel verabreicht. Bei anderen Leiden halfen ausnahmsweise Schmerztabletten. Die Kinder wurden dadurch ziemlich abgehärtet. Wenn mein Vater als Junge die Stiefel seines Vaters kilometerweit ins nächste Dorf zum Schuster bringen musste, so dauerte der Weg hin und zurück oft mehrere Stunden. Die Stiefel wurden mit einer Schnur zusammengebunden und ihm umgehängt. Manchmal vergaß er dann unterwegs seine eigentliche Aufgabe und ließ sich ablenken. Er wich dann schon mal vom Weg ab und verfolgte die verdächtige Spur eines Wildtieres oder musste ein frisch gegrabenes Loch untersuchen. Alldem musste nachgegangen werden. So dauerte der sowieso schon lange Weg mitunter einen ganzen Tag lang.

Nach Schulabschluss erlernten die Jungen erst einmal ein Handwerk. Es hieß aus Erfahrung mit Recht: Handwerk hat goldenen Boden. Deswegen erlernte mein Vater zunächst den Bäckerberuf. Nachdem er nach erfolgreich abgeschlossener Lehre sein Elternhaus verlassen hatte, besuchte er die Polizeischule. Als junger Polizeibeamter verrichtete er seinen ersten Dienst an der tschechoslowakischen Grenze. Dabei lernte er Mutter bei ihrem fast täglichen Grenzübertritt kennen. Als sich beide zu einem gemeinsamen Spaziergang trafen, ging ihr jüngerer Bruder Georg ihnen nach. Es regnete. Als sich beide unterm Schirm zum ersten Mal küssten, lief er nach Hause und berichtete von seiner Beobachtung. Damit waren die beiden verlobt, so war das Mitte 1920. Einen Protestanten zu heiraten, war zu dieser Zeit für Katholiken jedoch undenkbar. Also konvertierte Papa zum katholischen Glauben. Von da an achtete er rigoros auf die Einhaltung der Zehn Gebote.

Zu reisen war damals nicht so leicht, ja fast unmöglich. Eine Reise war für damalige Verhältnisse meist zu teuer und zu anstrengend. Über Telefonapparate verfügten in einigen Städten lediglich die Postämter, meistens mit äußerst schlechter Verbindung. Auf diesem Wege mit Vaters Familie zu kommunizieren, war praktisch unmöglich. So lernte ich leider nie meine Großeltern und Onkel väterlicherseits kennen. Lediglich Tante Franziska begegnete ich einmal kurz als junge Erwachsene.

Onkel Georg und Tante Annemarie

Georg, von Familie und Freunden Schorsch gerufen, war der um acht Jahre jüngere Bruder meiner Mutter. Die beiden Geschwister liebten sich innig. Onkel Georg besaß die gleichen Tugenden wie Mama, er war ebenso sanft und gütig. Er studierte Medizin und ließ sich nach abgeschlossener Ausbildung in Merzdorf im Riesengebirge als praktischer Arzt mit eigener Praxis nieder. Mit exzellenten medizinischen Kenntnissen und seiner Großmut wurde er bald zu einem beliebten Mitbürger. Mein Onkel Georg hatte stets ein offenes Ohr für seine Mitmenschen in Not. Er war ein guter Mensch und versuchte als Arzt, so viele Leben zu erhalten wie ihm möglich war. Bedürftige Menschen behandelte er oft wortlos nur für ein „Dankeschön". Schon bald heiratete er seine große Liebe Annemarie. Wenn ich an Tante Annemarie denke, dann habe ich stets den Vergleich mit einer Ballerina im Sinn. Eine schöne dunkelhaarige junge Frau mit glattem, zurückgekämmtem Haar, das zu einem großen Dutt im Nacken gebändigt wurde. Ihre Bewegungen waren graziös und gesellschaftlich passte sie zu ihm. Ich mochte sie sehr. Das Glück der beiden dauerte leider viel zu kurz.

Die Hochzeit von Tante Annemarie und Onkel Georg, 1939

Meine Eltern bei der Hochzeit von Onkel Georg und Tante Annemarie, 1939

Kindheit während des Krieges

Meine Zeit als kleine "Prinzessin" in der Familie änderte sich ziemlich bald. Der Krieg war ausgebrochen, und die Versorgung der Bevölkerung wurde knapp. Die Lebensmittel wurden uns mittels Lebensmittelmarken zugeteilt, oft waren sie jedoch gar nicht vorrätig. Mit dem vorhandenen Geld konnten keine „großen Sprünge" gemacht werden. Trotzdem ließen unsere Eltern uns während der Kriegszeit nach Möglichkeit die materielle Not nicht spüren. Ein Garten mit Gemüsebeeten und Rasen, mittendrin ein Sandkasten und eine Schaukel, sowie ein Hühner- und Kaninchenstall waren unser kleines Paradies. Auch waren der Garten und die Tiere bei der bestehenden Lebensmittelknappheit von besonders wertvollem Nutzen. Ostern konnten wir im Garten bunt bemalte Eier suchen, denn wir besaßen ja eigene Hühner. Für die Farbe benutzte meine Mutter Zwiebelschalen und andere Naturprodukte. Wenn der Nikolaus kam, erhielten wir ein Paar Haus- oder Handschuhe. Den Nikolaus mimte Mama selbst. Dazu wendete sie ihren Pelzmantel. Immer wenn der Nikolaus erwartet wurde, war unsere Mama gerade fort. Meine kleine Schwester erkannte Mamas Mantel sofort und wunderte sich, dass der Nikolaus ihren Mantel trug. Nur der Respekt vor dem heiligen Mann mit Sack und Rute hielt sie allerdings von einer entsprechenden Nachfrage ab.

Meine Schulzeit

Meine Einschulung Ostern 1942 stand unter keinem glücklichen Stern. Am feierlichen Einschulungstag lag ich todkrank mit Scharlach im Krankenhaus. Meine Mutter verbrachte die kritischste Nacht in der Kirche und betete für meine Genesung. Antibiotika standen damals noch nicht zu Verfügung, also erhielt ich vorsorglich die Letzte Ölung. Die Letzte Ölung erhalten Sterbende katholischen Glaubens. Als ich die Krise überwunden hatte, stürmte mein Vater nach seinem Nachtdienst und noch in Uniform in die Kirche, um Mama die gute Nachricht aus dem Krankenhaus zu überbringen. Eine Kirche in Uniform zu betreten, war jedoch verboten.

Nach sechs Wochen Krankenhausaufenthalt wurde ich entlassen, blass und blutarm. Der Arzt empfahl Mama, mit mir einmal je Woche Kalbsblut trinken zu gehen. So machten wir uns jeden Dienstagmorgen, dem Schlachttag, auf den Weg zum Schlachthof. Mama nahm zwei Trinkbecher, einen Salzstreuer und eine frische Semmel mit. Beim Schlachthof angekommen, führte uns ein Mitarbeiter in einen mittelgroßen Stall. Rechts an der Wand standen ein paar angebundene Rinder und links an der Fensterfront befand sich allein ein angebundenes kleines Kalb. Dann ging alles blitzschnell. Plötzlich schoss aus dem Hals linksseitig ein Blutstrahl. Der Mann hielt unsere Becher darunter und reichte uns beiden gleich darauf einen gefüllten Becher zurück. Mama streute etwas Salz hinein, gab mir einen Becher und reichte mir eine halbe Semmel dazu. Tapfer und mit einem Ekelgefühl verspeiste ich diese „Zwischenmahlzeit". Dieses Prozedere wiederholte sich einige Wochen lang. Ferner litt ich an Eisenmangel. Mama spickte deshalb einen großen Apfel mit Eisennägeln. Nach einigen Tagen wurden die Nägel entfernt und ich musste diesen Apfel vertilgen. Nach und nach erholte ich mich.

Nach mehreren Wochen der Gesundung durfte ich das erste Mal zur Schule gehen, die Schultüte blieb allerdings Zuhause. Mama begleitete mich, übergab mich der Klassenlehrerin Frau Schodrock und ging wieder. Ein Platz im Klassenzimmer war für mich freigehalten. Die Lehrerin trat mit mir vor die große Tafel vor die Klasse und stellte mich vor. Sie schilderte kurz den Grund für meinen verspäteten Schulantritt. Dann durfte ich mich neben ein Mädchen namens Kordula setzen. Kordulas Familie wohnte genau gegenüber von meinem Zuhause. Den versäumten Unterrichtsstoff hatte ich schnell aufgeholt. Meinen Schulweg und die Pausen verbrachte ich stets mit Kordula. Auf dem Heimweg bummelten wir meistens, es sei denn, es gab Bombenalarm, dann mussten wir rennen, um in den heimischen Bunker zu kommen. Und das passierte nicht selten.

Der Unterricht verlief nach Vorschrift. Es wurde auf sauberes, adrettes Aussehen geachtet und beim Eintritt der Lehrkräfte mussten wir uns von unseren Stühlen erheben und mit ausgestrecktem rechten Arm mit „Heil Hitler" grüßen. An Hitlers Geburtstag, dem 20. April, hatten sämtliche Klassen in Reih' und Glied auf dem Schulhof anzutreten. Dann wurde die Fahne gehisst, wir reckten wieder unsere rechten Arme in die Höhe und sangen das Deutschlandlied, natürlich mit der ersten Strophe. Auf dem Heimweg begegnete uns regelmäßig ein alter Studienrat und stellte uns jedes Mal die folgende Rechenaufgabe: Drei Mäuse und zwei Mäuse, wie viele Mäuse sind das? Wir antworteten brav und durften weitergehen. Da war ich sieben Jahre alt. Manchmal begegnete uns auch „Kolbe Kalle". Er sah einem Landstreicher ähnlich, ärmlich gekleidet und in einer Zahnlücke rechts steckte ein Zigarrenstummel. Eines Tages war er von der Bildfläche verschwunden. Was mit ihm geschah, konnte man nur vermuten.

Mit meiner Freundin Kordula (rechts) im Garten, 1944

Meine Brüder

Wie meine Mutter erzählte, konnte man meine Brüder größenmäßig mit Orgelpfeifen vergleichen, wenn sie nebeneinander standen. Sie trugen in ihren ersten Lebensjahren meist die gleiche Kleidung. Im Sommer kamen die ledernen Seppelhosen dran. Sie hielten einiges aus und brauchten nicht gewaschen zu werden. Mit einem frischen Hemd oder Pulli darunter wirkten sie stets adrett. Und Mama ersparte sich vieles Waschen. Im Winter trugen sie Skihose und Pullover. Am Sonntag zum Kirchgang und bei Besuchen waren blaue Matrosenanzüge mit weißen Bändern angesagt. Ich selbst erinnere mich nur anhand von Fotos und Erzählungen meiner Mutter daran. Mit der Einschulung wurden die Matrosenanzüge aussortiert. Die Seppelhosen jedoch trugen sie auch noch lange als Schüler. Ab dem Jugendalter glichen sich alle drei größenmäßig an und sahen sich auch sonst sehr ähnlich: Alle blauäugig und blond, schlank und sportlich. Karl-Heinz erfreute sich dabei prächtiger Locken, während Odos und Siegfrieds Köpfe glatte Haare schmückten.

Die beiden Brüder Odo und Karl-Heinz, 1931

Karl-Heinz, der in der Familie nur Heiner genannt wurde und Siegfried, der mit dem Spitznamen Sicka versehen wurde, sahen sich im Schulalter besonders ähnlich. Wenn Karl-Heinz etwas ausgefressen hatte, musste Siegfried meistens herhalten. Wenn sie dann nebeneinander standen, konnte von den „Geschädigten" nicht mehr gesagt werden, welcher von den beiden Jungen der wirklich Schuldige war. An einem sommerlichen Sonntagvormittag legte sich Karl-Heinz mit einer großen, blechernen Blumenspritze gefüllt mit Wasser auf die Lauer. Hinter einer dichten grünen Hecke, welche streckenweise die Promenadenstraße säumte, wartete er auf die ersten Kurgäste. Die Damen promenierten elegant gekleidet mit Hut und Sonnenschirm. Die Herren begleiteten sie in ebenso eleganter Kleidung. Als sich die ersten Passanten näherten, erhielten ihre Beine eine kalte Dusche. Sie wunderten sich und setzten ihren Weg fort. Eine Dame wurde böse und lief wüst schimpfend um die Hecke, um den Bösewicht zur Rede zu stellen. Unglücklicherweise wollte sich Siegfried just in diesem Moment zu seinem Bruder gesellen. Karl-Heinz sah das Unheil auf sich zukommen, rannte so schnell er konnte davon, drückte unterwegs Siegfried die Spritze in die Hand und verschwand. Inzwischen sah die wütende Berlinerin Siegfried mit der Spritze in der Hand, schnappte ihn am Kragen und bugsierte ihn, von ihr „Rauden" genannt, zu unseren Eltern. Er beteuerte seine Unschuld, doch sie behauptete, ihn wiedererkannt zu haben. Mama sprach beruhigend auf die aufgeregte Dame aus Berlin ein. Diese ging anschließend wieder friedlich ihrer Wege. Die beiden Jungen wurden vorsorglich ermahnt, solchen Unfug zu unterlassen.

Ein andermal ging es um ein Geschenk für den Muttertag. Karl-Heinz hatte in einem Laden am Ring, dem Mittelpunkt unseres Städtchens, ein Geschenk ausgesucht. Beim Bezahlen jedoch reichte sein Geld nicht aus. Er rannte nach Hause, um noch einmal seine Sparbüchse zu plündern. Kaum war Karl-Heinz aus dem Laden, erschien Siegfried um ebenfalls ein Geschenk zu kaufen. Die Verkäuferin zeigte sich sehr ungehalten. Sie hätte ihm doch soeben gesagt, dass das Geld nicht ausreichen würde. Er wusste abermals nicht, wie ihm geschah!

Ein weiteres Mal geschah Folgendes: Ein Besuch bei Verwandten stand an. Vater parkte schon mal den Wagen vor der Haustür. Weil die Straße abschüssig verlief, sicherte er den Pkw zusätzlich mit Bremsklötzen ab. Inzwischen wurden die drei Jungen herausgeputzt. Matrosenanzüge, fein gekämmte Haare und blitzblank geputzte Schuhe. Schließlich musste Mama noch an sich selbst denken und brauchte etwas Zeit, um sich umzukleiden. In der Zwischenzeit vertrieben sich die Jungen die Zeit vor dem Haus. Als die Eltern zur Abfahrt bereit erschienen, war der Wagen verschwunden. Die Lausbuben hatten die Bremsklötze entfernt, um zu sehen was passieren würde. Und so adrett sahen sie auch nicht mehr aus. Wie Vater und Mutter reagierten, weiß ich nicht mehr.

Die drei Brüder bei der Vogelhochzeit: Karl-Heinz, Odo (von rechts) Siegfried (sitzend)

Ich hatte den Eindruck, dass Odo der Lieblingssohn meiner Eltern war. Besonders meine Mutter erzählte öfter, was für eine schwierige Geburt sie mit Odo erlebt hatte. Damals fanden ausschließlich Hausgeburten statt. Beider Leben standen auf dem Spiel. Ein Erlebnis, was sie eng zusammenschweißte.

Odo ging ziemlich bald auf Distanz zu seinen jüngeren Geschwistern. Die Interessen veränderten sich. Immerhin trennten mich und ihn mehr als neun Jahre Altersunterschied, zwischen ihm und unserer Schwester Katharina lagen sogar vierzehn Jahre. Neben seinem Schulunterricht hatte er auch bei der Hitler-Jugend anzutreten. Soweit ich mich erinnere, trug er dafür eine dunkle kurze Hose, ein weißes Oberhemd und ein dunkles Halstuch mit Hirschhornknoten. Ich entsinne mich noch gut daran, wie Odo auf einem braunen Pferd mit der Spendendose in der Hand langsam „stolz wie ein Spanier" durch unsere Straße ritt und für das Deutsche Rote Kreuz sammelte. Auch damit verbrachte er seine Freizeit.

Oft traf sich Odo mit Freunden, mit denen er Streiche aushecke oder Experimente aus dem Chemieunterricht ausprobierte. So wollten sie beispielsweise erforschen, wie man Schwarzpulver in einer Einmachdose zur Explosion bringen kann und probierten das unter einer Eisenbahnbrücke aus. Die Explosion konnte jedoch nicht sehr spektakulär gewesen sein, denn glücklicherweise entstand keinerlei Schaden. Sie wollten ja auch nur das Gelernte ausprobieren. Eine Strafe erntete Odo dennoch, schließlich war er der Sohn eines stadtbekannten Polizeibeamten.

Wegen eines anderen „Vergehens" waren Odo und seine Freunde als Strafe dazu verdonnert worden nach dem Unterricht im Garten ihres Lehrers die Hühnerschaukel zu bewegen. Die Hühner sollten nach dieser Behandlung mehr Eier legen. Doch auch der Lehrer erhielt von seinen Schülern einen Denkzettel. So verstopften sie den Schornstein seines Hauses mit Stroh, wodurch der Rauch ins Wohnzimmer zurückgedrückt wurde. Ob die Schlingel dem Lehrer die Schandtat je gestanden haben?

Odo spielte mit seinen Freunden gern Tennis. Gleich neben unserem Wohnhaus befand sich der Tennisplatz, nur durch die kleine Straße getrennt, die zum Badbahnhof führte. Siegfried durfte dort die Bälle aufsammeln. Ob er das aus Freude tat oder dafür belohnt wurde, entzieht sich meiner Kenntnis. Meine kleine Schwester und ich saßen dann manchmal auf der Böschung, die den Tennisplatz zur Promenadenstraße hin abgrenzte und schauten zu. Einmal verlor mein Schwesterchen das Gleichgewicht, rollte die Böschung hinunter und landete in den Brennnesseln. Doch sie war sehr tapfer und ich kann mich nicht daran erinnern, dass sie geweint hätte.

Odo trat nach seinem Abschluss an der Aufbauschule als Forsteleve in die Dienste des Fürstentums zu Hohenlohe ein. Revierförster zu werden war sein Traumberuf. Er ging mit Begeisterung in seiner Arbeit auf. Seine Freizeiten verbrachte er zu Hause. Eines Tages erhielten die Eltern ein einzigartiges Geschenk von ihm: Einen selbstgefertigten großen Kronleuchter aus Hirschgeweihen. Diese Lampe zierte bis zur Flucht unser gemütliches Wohnzimmer. Meine Eltern waren sehr stolz auf ihren Ältesten.

Odo als Forsteleve, 1944

Kriegseinfluss auf die Kindheit

Von einem merkwürdigen Erlebnis berichtete Mama, als sie wieder einmal spät abends von einer Frauenversammlung der Partei nach Hause kam. An der Promenadenstraße, etwas zurückgesetzt in einem kleinen Park, befand sich ein Kriegerdenkmal. Als Mama das Denkmal passierte, hörte sie laut und deutlich ihren Bruder Georg ihren Namen rufen. Georg wirkte aber zu derselben Zeit als Wehrmachtsarzt an der russischen Front. Zu Hause angekommen, erzählte sie ganz aufgewühlt von ihrem Erlebnis. Am nächsten Morgen erhielten wir die Nachricht von seinem Heldentod. Er war um die besagte Zeit an der russischen Front im eisigen Winter 1942/43 im selbstlosen Einsatz für seine Kameraden an Lungenentzündung gestorben. Bis zur völligen Erschöpfung hatte er ohne Rast und mit unendlicher Geduld die verletzten Soldaten versorgt. Seine Kräfte reichten jedoch für die eigene Gesundung nicht mehr. Er hatte sich aus Nächstenliebe geopfert. Gibt es doch eine Gedankenübertragung zwischen engverbundenen Menschen?

Daraufhin starb unsere Oma an Herzversagen. Mein Bruder Siegfried, damals neun Jahre alt, fand sie tot in ihrem Bett. Sein Entsetzen und seine Traurigkeit waren unbeschreiblich.

Schon bald wurde die unbeschwerte Jugend meiner Brüder abrupt beendet. Wie jeder Junge damals musste auch Siegfried in die Hitlerjugend eintreten. Er war noch keine zwölf Jahre alt, als er für einige Wochen zum Schaufeln von Schützengräben herangezogen wurde. Diese Aufgabe wurde ihm und anderen Schülern einige Wochen vor Kriegsende übertragen. Glücklicherweise war er für diese Tätigkeit nur tagsüber fort und konnte den Abend wieder mit seiner Familie verbringen.

1944 musste Karl-Heinz die Schule abbrechen und wurde mit gerade mal fünfzehn Jahren zu den Soldaten beordert. Er wurde ohne jede Ausbildung zum Kampf direkt an die Front geschickt und fand sich bald in der Tschechoslowakei wieder. Seine Kindheit endete damit schlagartig.

Kurze Zeit später wurde Odo aus der Lehre heraus zu den Soldaten, den Fallschirmjägern, eingezogen. Sein Lehrherr schickte uns für Odo einen goldigen Rauhaardackelwelpen, um ihm nach seiner Rückkehr eine Freude zu bereiten. Es war eine Dackelin, wir tauften sie Hexe.

Nach einigen Monaten erhielt meine Mutter die Nachricht vom Tode Odos. Man gratulierte ihr zum Heldentod ihres Sohnes. Es wurde viel geweint in der Familie. Uns Kindern erzählte man aber nicht, was geschehen war, denn unsere Eltern wollten diese Tragödie von uns fernhalten. So blieben wir über Odos Schicksal im Ungewissen.

Während meiner Schulzeit in Bad Ziegenhals verbrachte ich mit meiner Familie viele Stunden tagsüber und auch nachts betend im Luftschutzkeller. Nachts einmal durchzuschlafen, war in den letzten Jahren vor Kriegsende kaum mehr möglich. Glücklicherweise blieben wir von einer Bombardierung weitgehend verschont. Mitunter ertönte der Fliegeralarm, wenn ich mit Mama und Katharina im Wald nach Pilzen oder Heilkräutern für die verletzten Soldaten suchte. Wir verkrochen uns dann bis zur Entwarnung ins Dickicht. Unser Dackelchen Hexe half uns bei der Arbeit. Wenn wir Blaubeeren sammelten, kam Hexe und schnappte uns die Schönsten weg. Manchmal bediente sie sich auch aus unseren Körben.

Mein Bruder Karl-Heinz (links) mit einem Soldaten, 1944

Viele in Bad Ziegenhals stationierte Soldaten waren noch recht jung und freuten sich über Familienanschluss.

Das letzte Weihnachtsfest in der alten Heimat

Um die Weihnachtszeit schneite es immer kräftig, und die Weihnachtsstimmung stellte sich dadurch von alleine ein. Schon einige Tage vor dem Fest wurde gebacken. Vom Bäcker wurden zwei große leere Bleche geholt. Ein Blech wurde mit zwei Zimtstriezeln, das andere mit zwei Mohnstriezeln belegt. Dann wieder zurück zum Backen. Es dauerte mehrere Stunden bis wir den Kuchen wieder abholen durften. Schließlich warteten mehrere Hausfrauen mit dem gleichen Wunsche. Sie alle kamen in Begleitung von Familienangehörigen, die tragen helfen mussten. Wir Kinder durften gemeinsam mit Mama Pfefferkuchenmänner und Plätzchen backen. Es war eine aufregende Zeit für uns Kinder.

Das „gute Zimmer" wurde verschlossen und die Schlüssellöcher zugehängt. Die folgenden Tage bis Heiligabend waren geheimnisvoll und spannend. Das „gute Zimmer" wurde überhaupt nur an Festtagen benutzt, oder wenn hoher Besuch kam. In den letzten Kriegsmonaten handelte es sich vorrangig um Offiziere von Polizei und Wehrmacht. In dem „guten Zimmer" bestand das Mobiliar aus einer von Oma handgeschnitzten Standuhr, einem eben solchen großen Bücherschrank, einer cognacfarbenen ledernen Clubgarnitur und dem dazu passenden Tisch, dem Klavier von Mama, der Geige von Karl-Heinz und dem Kontrabass von Odo. Ein großer brauner Kachelofen sorgte für gemütliche Wärme. Heiligabend wurde musiziert und gesungen. Am 1. Weihnachtstag durften wir ausschlafen, weil wir schon die Christmette um 24 Uhr besucht hatten. Doch am nächsten Tag mussten wir wieder zeitig aus den Federn.

Weihnachten erhielten unsere Puppen neue Kleider. Auch wurden aus alten Stoffen die Bettbezüge für unsere Lieblinge erneuert. 1944 bekam meine Porzellanpuppe zum letzten Weihnachtsfest in der alten Heimat einen neuen Kopf. Der Puppendoktor besaß schon lange kein entsprechendes Reparaturmaterial oder Ersatzteile mehr. So versuchte Mama ihr Bestes. Aus Mehl und Wasser und klein gezupftem Zeitungspapier, das sonst als Toilettenpapier zurechtgeschnitten wurde, knetete sie einen Teig, den sie in einen ihrer Seidenstrümpfe füllte und zu einem kleinen Kopf formte. Dann wurden noch Augen, Nase und Mund modelliert. Nach dem Trocknen wurde der Kopf mit

Farbe perfektioniert. Heiligabend erhielt ich meine Puppe zurück. Doch welche Enttäuschung! Der Kopf mit seinem dünnen Strumpfhals glich einem Monster. Durch sein enormes Gewicht konnte der Kopf nicht senkrecht auf dem Hals sitzen, sondern fiel mal rechts, mal links auf die Schulter. Gejammert, dass ich das Ungeheuer nicht mit auf die Flucht nehmen durfte, hatte ich nicht. Meine Mutter meinte später, dass sich die Russen wohl über die merkwürdigen Puppen der Deutschen wundern würden.

Als Festessen bereitete Mama für den 1. Weihnachtsfeiertag eine knusprig gebratene Gans mit Blaukraut, Kartoffelklößen und einer köstlichen braunen Soße zu. Am 2. Feiertag kam Hasenbraten auf den Tisch. Die Beilagen blieben die gleichen. Ich weiß nicht, wie unsere Eltern erreichen konnten, dass wir bis zum letzten Weihnachtsfest 1944 dieses Traditionsessen genießen durften. Auch zum Jahresschluss gab es den üblichen Silvesterkarpfen.

Viele Jahre durch die Adventszeit hindurch - meine Töchter waren schon geboren - begleitete mich das Heimweh, dann flossen auch heimliche Tränen.

Die Flucht nach Süddeutschland

Am Abend des 17. März 1945 brachte Mama von einer Versammlung die Nachricht mit, dass wir mit dem Aufbruch in dieser Nacht rechnen müssten. Ich erinnere mich genau an das Datum, weil ich ein paar Tage zuvor meinen neunten Geburtstag gefeiert hatte. Tatsächlich wurden wir Kinder um Mitternacht aus dem Schlaf gerissen, schnellstens warm angezogen und los ging es. Wo mein Vater zu dieser Zeit im Kriegsdienst stationiert war, wussten wir nicht. So bekam er von all dem nichts mit und konnte uns nicht beistehen. Mama und unser Dienstmädchen Gertrud mussten den großen Reisekorb alleine schleppen, der schon tagelang vollgepackt mit den wichtigsten Familiendokumenten, einigen Fotografien und Schmuck im Korridor stand. Siegfried nahm unseren Zwergdackel, die Hexe, unter seine Fittiche und packte sie unter seine Jacke. Es hätte unter den Flüchtlingen sicher Ärger gegeben, wenn der Hund gleich entdeckt worden wäre. Auch ein Tier muss Nahrung zu sich nehmen, und die war für die Menschen schon äußerst knapp. Nun noch meine kleine Schwester an die Hand genommen und die Tür verriegeln. So verließen wir unser Heim und damit unsere Geborgenheit. Wir dachten es wäre nur ein vorübergehender Abschied, und der Gedanke an eine schnelle Rückkehr hielt sich noch lange Zeit in unseren Köpfen.

Auf der Straße schlossen wir uns einem langen Treck von Flüchtlingen an. Wir mussten jetzt aufpassen uns nicht zu verlieren. Der Weg zum Hauptbahnhof verlief chaotisch. Da weinten verschlafene Kinder jämmerlich, dort rief eine Mutter um Hilfe, weil sie ein Rad von ihrem Kinderwagen verloren hatte. Es wurde überhaupt viel herumgeschrien und geschimpft vor Aufregung. Für viele Familien kam der Aufbruch unverhofft, ohne exakte Ankündigung. Als wir den Bahnsteig erreicht hatten, lief auch bald ein Zug ein, besser gesagt eine Lokomotive mit leeren Viehwaggons. Da wurden wir nun hinein bugsiert, so viele wie eben nur hineinpassten. Jeder suchte sich ein Plätzchen auf dem Boden. Der Zug setzte sich in Bewegung. Nach einigen Stunden hielt der Zug an einem Bahnhof, wo Mitarbeiter des Deutschen Roten Kreuzes mit Verpflegung auf uns warteten. Wer glücklicher Besitzer einer Blechdose oder eines Kochgeschirrs war, konnte sich eine Kelle Eintopf aus der Gulaschkanone abholen. Wer keinen Behälter besaß, der ging leer aus oder konnte sich mit einem benutzten Topf eines anderen seine Portion abholen.

Weiter ging es. Der nächste Halt fand in Mährisch-Schönberg (Böhmen) statt. Dort wurde die Reise für etwa eine Woche unterbrochen. So lange wurden alle Flüchtlinge privat in Familien untergebracht. An die Familie, die uns aufnahm, habe ich gute Erinnerungen. Die Familie hatte Mitgefühl mit uns und hieß uns willkommen. So erinnere ich mich daran, wie wir einige Male mit unseren Gastgebern im Garten saßen. Hier erhielten wir ein klein wenig das Gefühl von Normalität in dieser schwierigen Zeit. Papa hatte uns über das Deutsche Rote Kreuz ausfindig gemacht und besuchte uns dort. Er litt an Ruhr, einer infektiösen Magen-und Darmkrankheit, und war ins Lazarett eingewiesen worden, um sich behandeln zu lassen. Er hatte das Lazarett nur kurz verlassen und fuhr gleich wieder zurück, um seine Krankheit weiter auskurieren zu können. Es war jedoch sein dringender Wunsch gewesen, sich persönlich von unserem Befinden zu überzeugen.

In demselben Zug setzten wir die Reise mit unbekanntem Ziel fort. Wir fuhren vierzehn Tage lang kreuz und quer, bis der Zug schließlich in der Oberpfalz anhielt, auf einer Brücke über dem Fluss Regen. Ein Angriff durch Tiefflieger drohte. Die Lokomotive wurde abgekoppelt und verschwand im nahegelegenen Wald. Für die Passagiere hieß es zuerst drinnen bleiben und flach auf den Boden legen, dann wieder sollten alle aussteigen und in den Wald laufen. Das Aussteigen gestaltete sich schwierig. Der Abstand zwischen Waggontür und Brückengeländer war so schmal, dass die Erwachsenen gerade eben einen Fuß dazwischen setzen konnten. Am Ende der Brücke, die wir im Gänsemarsch passierten, suchten wir Schutz im Walde. In unserem Reisekorb befand sich eine beigefarbene Decke mit einer Tigermusterung auf einer Seite. Wir lagen alle auf dem Waldboden und Mama breitete die Decke mit dem Tigermuster nach oben über uns Kinder aus. Eine erhoffte Tarnung. Große Angst hatte ich nicht, denn ich fühlte mich von Mama beschützt. Wenn sie bei uns war, konnte uns nichts Gefährliches passieren, so dachte ich. Auch unser Schutzengel behütete uns. Wir ließen die Tiefflieger über uns hinwegdonnern. Mein Lebtag lang werde ich dieses Geräusch nicht mehr vergessen.

Nach nicht allzu langem Ausharren in Deckung erhielten wir die Aufforderung, wieder einzusteigen. Der Bombenalarm war aufgehoben. Die Lok kehrte zurück und wurde angekoppelt. Alle hasteten zurück zum Zug auf der Brücke und stiegen ein. Weiter ging die Reise in Richtung Regensburg und von dort noch weiter, bis nur meine Familie am Dorfbahnhof in Gfäll bei Falkenstein hinausgesetzt wurde.

In der Oberpfalz

Die anderen Flüchtlinge fuhren weiter und wurden auf andere Dörfer verteilt. Inzwischen war Anfang April, aber es war immer noch winterlich kalt und es schneite. Meine Schwester und ich saßen auf dem Reisekorb. Wir warteten auf den Bürgermeister, der uns ein Quartier zuweisen sollte. Als er endlich erschien, waren wir bereits durchgefroren. Die Bauern, die uns aufnehmen sollten, wehrten sich mit Händen und Füßen gegen uns, ehe sie missgestimmt nachgaben. Ihre Hunde reagierten aggressiv auf uns Kinder. Wir fühlten uns dort unwohl. Nur der Gottesglaube und der Gedanke, dass es bald wieder nach Hause gehen würde, gaben uns Kraft in dieser Zeit. Man stellte für Mama, uns drei Kinder und unser Dienstmädchen Gertrud ein mittelgroßes Zimmer zur Verfügung. Von nun an erlebten wir eine noch schwerere Zeit. Mama schwächelte sehr. Kein Arzt, keine Hilfe. Mama kannte ein altes stärkendes Hausmittel, das daraus bestand, ein Eigelb, Zucker und Rotwein zu verrühren und zu trinken. An Rotwein und Zucker zu kommen war unmöglich, deswegen mussten es rohe Eier sein. Also ging Siegfried mit mir, um Eier zu erbetteln. Wir klapperten alle Bauernhöfe in der Umgebung ab. Die Situation war uns unangenehm, aber wir versuchten, es spielerisch zu betrachten. Zudem stand für uns die Genesung unserer Mutter an oberster Stelle. Die meisten Bauern öffneten uns ihre Tür sehr freundlich und schenkten uns ein oder zwei Eier. Als ich nicht mehr laufen konnte, weil meine Füße schmerzten, blieb ich zurück und Siegfried bettelte alleine weiter. Mit mehreren Eiern kehrte er nach Stunden zurück. Die Eier wurden an beiden Seiten angestochen, und Mama trank tapfer den Inhalt aus. Ihr Gesundheitszustand besserte sich mit der Zeit, aber richtig gesund wurde sie nie wieder. Später kam noch eine chronische Bronchitis dazu. Auch das seelische Leid ließ sie nicht mehr los.

Trotz ihres schlechten Gesundheitszustands übernahm Mama das Amt einer Flüchtlingsbetreuerin, das ihr kommentarlos und wie selbstverständlich übertragen wurde. Und sie nahm diese Aufgabe als ihre Christenpflicht an. Dazu wurde sie einmal wöchentlich mit einem offenen Lastwagen abgeholt. Auf der leeren Ladefläche waren rechts und links je eine Sitzbank angebracht. Darauf sitzend fuhr sie nach Deggendorf. Dort wurden in einem Vorratslager die am dringendsten benötigten Haushaltsartikel aufgeladen. Am Abend kehrte der Wagen zurück, beladen mit Töpfen, Geschirr, Besteck und ähnlichen Dingen. Mama verteilte dann die Sachen an die anderen Flüchtlinge.

Einmal täglich hielt am Dorfbahnhof ein Eisenbahnzug. Wir kannten die Ankunft des Zuges inzwischen aus zwei Gründen sehr gut. Zum einen wusste der Heizer der Lokomotive genau, womit er uns Kindern eine große Freude bereiten würde. Er warf uns große Eisenbahnbriketts heraus, so viele wir tragen konnten. Wir trugen sie glücklich „nach Hause". Es waren nicht nur Flüchtlingskinder, die mit uns auf die Ankunft des Zuges warteten. Auch die anderen Kinder hatten nichts zu brennen zuhause und erhofften sich Briketts zu erhaschen. Der zweite Grund auf den Zug zu warten, war die Hoffnung, Papa und mein Bruder Karl-Heinz würden eines Tages aussteigen. Die Sicht aus unserem Fenster auf das Bahnhofsgelände war frei und ganz nah. Besonders Mama verpasste den Zeitpunkt niemals. Die Enttäuschung war jedes Mal groß, wenn wir merkten, dass keiner der beiden aus dem Zug aussteigen würde.

Etwas ganz Entsetzliches mussten wir bei unserem Blick aus dem Fenster auch mit ansehen: Hunderte Gefangene in Sträflingsanzügen und in einem erbärmlichen Zustand wurden am Haus vorbeigeführt. Als sie Mama am Fenster entdeckten, reckten sie ihr ihre abgemagerten Arme entgegen und bettelten um Brot. Sie wollte etwas hinunterwerfen, aber da richteten die Bewacher ihre Gewehre auf Mama. Schnell schloss sie das Fenster. Diese Szene werde ich mein Leben lang nicht mehr vergessen!

Kriegsende

Schlimmes erlebte ich kurze Zeit später gleich noch einmal. Am 8. Mai 1945, dem Tag der Kapitulation, sahen wir von einem Berg Militärfahrzeuge und Panzer auf unser Dorf zurollen. Mama erkannte sofort, dass es sich um Amerikaner handelte. Eiligst versteckten sich unsere „Bauersleut" aus Angst, aber Mama war überzeugt, die Amerikaner würden uns nichts Böses antun. Als die Soldaten „unseren" Hof erreichten und das Haus betraten, ging meine Mutter ihnen ohne Furcht entgegen und begrüßte sie freundlich. Die Amerikaner zeigten sich gut gelaunt und baten fröhlich darum, ihnen Porridge zu kochen. Da meine Mutter sich in diesem Haushalt nicht auskannte und keine Haferflocken fand, kochte sie ihnen einen großen Topf Grießbrei. Den verschlangen sie mit gutem Appetit. Der Grießbrei schien ihnen eine neue Erfahrung zu sein. Jedenfalls zeigten sie sich sehr dankbar. Sie schenkten uns Kindern Kekse, Schokolade und Kaugummi. Mama bekam Kaffee und Zigaretten. Unsere Gertrud erhielt eine kuschelige Decke. Alles erschien uns wie ein Geschenk des Himmels. Selbst meine kleine Schwester verlor mit ihren fünf Jahren die Scheu vor den Soldaten und spielte mit ihnen, ließ sich schon mal auf den Schoß nehmen und stellte viele Fragen. Die Amerikaner verstanden kein Wort davon, aber meine Schwester versuchte es dennoch. Zum Glück, dass sie nichts verstanden, denn meine Schwester stellte in ihrer kindlichen Unschuld auch sehr peinliche Fragen. Nach einigen Stunden bedankten und verabschiedeten sie sich. Da ließen sich auch die Bäuerin und ihr Mann wieder blicken.

Wenn wir einkaufen wollten, mussten wir in die nächstgelegene Stadt gehen. Nach Falkenstein waren es ungefähr 5-6 km, die wir meist zu Fuß zurücklegten. Inzwischen war vorgegeben, wann und wie lange die Stadt betreten werden durfte, und zwar zwischen 10 und 12 Uhr. Also mussten wir früh genug losgehen, um Punkt 10 Uhr am Stadtrand zu warten, bis die Kirchenglocken als Zeichen zum Einlass läuteten. Das Gleiche galt für das Verlassen der Stadt. Der Hin- und Rückweg waren der reinste Horror. Nicht nur die Länge des Weges, der größtenteils durch den Wald führte, erschwerte uns den Marsch. Da lagen rechts und links vom Weg tote Häftlinge, flüchtig bedeckt mit Laub und Gestrüpp. Hier und da waren Arme und Beine zu sehen. Vermutlich starben diese Menschen an Erschöpfung. Mama ermahnte uns, immer nur geradeaus zu schauen. Wir gingen so schnell wir konnten. Es war sehr gruselig, so etwas lässt sich nie mehr aus dem Gedächtnis streichen.

Die Rückkehr von Papa und Karl-Heinz

Nachdem wir mehrere Wochen im ersten Quartier verbracht hatten, wurde uns von einem Großbauern ein leerstehendes Auszugshäusl angeboten. Ins Auszugshäusl übersiedelten die Altbauern, wenn einer der Nachkommen die Bewirtschaftung des Hofes übernahm. Genau zu diesem Zeitpunkt erlebten wir die überraschende Ankunft von Papa und Karl-Heinz. Wir hatten wieder mit Spannung die tägliche Einfahrt des Zuges und die aussteigenden Passagiere beobachtet. Da stieß Mama plötzlich einen Freudenruf aus: „Sie kommen, alle beide!" Da kamen sie tatsächlich daher, wie zwei Wanderer mit Stock und Hut nach langem Fußmarsch. Wir liefen ihnen freudig entgegen. Die Eltern hatten vor der Flucht die Verabredung getroffen, sich bei Onkel Hermann in Pommern zu treffen, falls wir uns im Fall der Flucht verlieren sollten. Der

Gedanke, dass der Russe auch diese Region erobern könnte, wurde dabei nicht berücksichtigt. Als Papa dort eintraf, war Pommern längst von den Russen besetzt. Denen war er zuvor schon mit einem Trick aus der Gefangenschaft entkommen: Bei einer Kontrolle zeigte er seine deutsche Eierkarte mit vielen Stempeln, gab sich krank und elend. Dazu hatte er sich einen langen Bart wachsen lassen und ging gebückt auf einen Stock gestützt. Schon durfte er das Lagertor nach draußen passieren. Das hatte also geklappt! Nachdem Papa einige Tage lang Onkel Hermann in der Bäckerei unterstützt hatte, erschien dort auch Karl-Heinz. Er rettete sich vor der Gefangennahme durch einen Sprung in die Moldau in der Nähe von Prag, im heutigen Tschechien. Er schlug sich durch bis zum verabredeten Treffpunkt in Pommern. Er war eine lange Strecke unterwegs, ausschließlich zu Fuß. Nach einem schier unendlichen Fußmarsch erreichte auch er erschöpft, müde und ausgehungert das verabredete Ziel bei Onkel Hermann. Papa war schon dort. Nun forschten beide nach unserem Verbleib. Ihnen half das Deutsche Rote Kreuz mit unserer Adresse weiter. Nach kurzer Erholungsphase zogen die beiden weiter in die Oberpfalz. Wie lange sie zu uns unterwegs waren, weiß ich nicht. Jedenfalls gab es ein überglückliches Wiedersehen. Nach der Wiedersehensfreude wurde der Umzug ins Auszugshäusl eiligst vorbereitet. Der war jetzt bitter nötig.

Ein eigenes Heim

Das Häuschen stand anscheinend viele Jahre ungenutzt und war entsprechend heruntergekommen. Die Fenster hatten keine Scheiben, die vier Außenwände standen etwa zehn Zentimeter auseinander, die Türen ließen sich nicht schließen, und im Wohnzimmer war ein riesiger Berg Kohlrüben gelagert. Schlafzimmer und Küche waren verschmutzt. Als Toilette diente ein kleiner Holzanbau mit Herzchen, also ein Plumpsklo. Dort warteten schon die Hühner, um sofort eifrig picken zu können, wenn jemand das Örtchen betrat.

Besonders im Winter und nachts gruselte uns Kindern in dem Haus. Das Ganze war schon sehr "urig." Papa, Karl-Heinz und Siegfried machten sich an die Arbeit. Sie dichteten die Lücken zwischen den Wänden ab und verschlossen die Fenster erst mit Pappe, später mit Glasscheiben, die sie von weit her besorgen mussten. Für die „Gemütlichkeit" sorgten Mama und Gertrud. Sie fegten und wischten, organisierten Matratzen und Kissen. Ein Doppelbettgestell war vorhanden sowie ein Tisch und ein paar klapprige Stühle. Mit Geschirr und Töpfen waren wir bereits versorgt. Mama faltete Packpapier und schnitt Muster hinein. So hatten wir auch schmückende Deckchen, wenn auch ein wenig zerknittert. In einer Wohnzimmerecke hing noch ein winzig kleiner Hausaltar. Auch der erhielt ein solches Deckchen. Die drei Männer zogen in den nahen Wald, um Brennholz für die bevorstehende kalte Jahreszeit zu schlagen. Mit geschenkter Axt und Säge zogen sie los. Nach Stunden kehrten sie mit einem oder zwei Baumstämmen auf den Schultern zurück. Dann hackten und lagerten sie das Holz im Keller. Nun konnten Winter und Weihnachten kommen, wir würden nicht frieren müssen. Und der Winter nahte, eisig und mit viel Schnee. Die Fensterscheiben waren oft Tage lang mit dickem Eis zugefroren. Um St. Martin im November fiel bereits der erste Schnee, wie schon in der Heimat. Meine Mutter meinte dann: "St. Martin kommt auf einem Schimmel geritten." Jeden Abend schlossen wir in das Nachtgebet noch folgende

Bitte ein: „Hl. Hedwig, Schutzpatronin von Schlesien, bitte für uns."

Um irgendwie an Geld zu gelangen, fällten Papa, Karl-Heinz und Siegfried im nahegelegenen Wald dünne Baumstämme und bearbeiteten diese mit Hobel und Säge zu Rechenstielen. Die Bauern aus dem Dorf waren gute Kunden. Auch gesammelte Pilze, Lindenblüten und Blaubeeren, die Mama und Karl-Heinz in Regensburg am Domplatz verkauften, brachten wieder etwas Geld ins Portemonnaie. Karl-Heinz hielt sich beim Verkaufen immer im Hintergrund. Er genierte sich.

Ein seltsames Paar

Zum Auszugshäusl gehörte auch ein kleiner Garten. Die Eltern konnten nun Gemüse und Kräuter anbauen. Eine Magd schenkte uns regelmäßig heimlich ein paar Eier. Sie legte sie auf den Fenstersims und verschwand wieder so wortlos, wie sie gekommen war. Auf diese Weise erhielten wir in einem großen Spannkorb vier frisch geschlüpfte, gelbe und wollige Küken. Wir holten sie in die warme Stube, fütterten sie und legten dann ein leichtes Tuch über den Korb.

In den kommenden Tagen gediehen sie prächtig. Unsere Hexe dachte sehr fürsorglich, wollte die Tierchen wärmen und legte sich in den Korb. Als wir das Malheur entdecken, war es zu spät. Alle Küken waren tot. Unsere gute Seele tröstete uns mit einem Zwerghahn und ein paar Hennen. Jetzt hatte Hexe echte Spielkameraden. Ganz besonders gut verstand sie sich mit dem Hahn. Wenn sie im Garten in der Sonne lag, setzte sich der Hahn auf ihren Rücken und pickte auf ihrem Kopf herum. Wenn Hexe spazieren ging, war der Hahn dicht bei ihr. Die Hennen kümmerten sich nicht um die beiden und scharrten weiter. Spaziergänger blieben stehen und freuten sich über das Spiel des seltsamen Paares.

Kinder ärgern Katharina

Eines Nachmittags kam eine kleine Schar von Dorfkindern ans Haus und rief nach meiner Schwester unter dem Vorwand, mit ihr spielen zu wollen. Mit Katharina zogen sie los auf eine nahegelegene Wiese. Ein Junge führte einen jungen Schafbock an der Leine mit sich. Kaum angekommen, ließ er den Schafbock von der Leine. Der stürzte sich sogleich auf Katharina, stieß sie um und ließ sie nicht wieder auf die Füße kommen. Sobald sie sich aufrappelte, stieß er sie mit seinem harten Kopf wieder um. Sie schrie wie am Spieß. Bis Mama bei ihr war, hatte das Tier seine Angriffe - angefeuert von den Kindern - einige Male wiederholt. Den Aufforderungen zum Spielen ist sie nie mehr gefolgt.

Nachricht von Odo

Eines Tages suchte uns der Briefträger auf und brachte eine Nachricht. Es war eine Postkarte vom Deutschen Roten Kreuz mit vorgegebenem, gedrucktem Text und lautete etwa so:
„Liebe Eltern, mir geht es gut, bin in englischer Gefangenschaft. Meine Adresse lautet: ...."
Es folgte die Unterschrift von Odo. Die Karte wurde ungläubig hin und her gedreht. Die Mitteilung war anscheinend echt. Die Eltern erlebten ein Wechselbad der Gefühle. Erst lebten sie jahrelang in unendlicher Trauer, und jetzt diese glückliche Wendung. Ich konnte damals noch nicht so sehr nachempfinden, was sich da gerade ereignete. Ich war zu jung!

Schulzeit in der Oberpfalz

Mir gefiel das Landleben. Ich sah beim Schafscheren zu, durfte schon mal eine Ziege melken und auf einem Heuwagen mitfahren. Sonst spielte ich mit den Bauernburschen, die waren immer lustig und erfindungsreich. Wir bauten uns ein Baumhaus, auf jedem Ast ein Zimmer, und spielten Familie. Manchmal spielten wir auch Verstecken oder saßen am Weiher und fingen Kaulquappen.

Nach der Flucht war an einen Schulunterricht monatelang nicht zu denken. Als wir endlich eine feste Bleibe in der Oberpfalz gefunden hatten, wurden Siegfried und ich an der nächstgelegenen Volksschule in Martinsneukirchen angemeldet. Der Schulweg erstreckte sich über 4 km. In den Sommermonaten stellte uns dieser Weg über Berg und Tal vor keine Probleme. Aber im Winter, wenn es morgens noch stockfinster und der Weg zugeschneit waren, waren wir besonders auf die Begleitung der einheimischen Kinder angewiesen. Ganz liebe Mitschüler aus dem Dorf brachten uns Skier und Stöcke, damit wir weiterhin gemeinsam mit ihnen den Schulweg antreten konnten. Die kannten sich aus, auch wenn der Schnee noch so hoch lag. Wir alleine hätten den Weg auch gar nicht mehr gefunden, denn er war unter dem hohen Schnee ganz und gar verschwunden und Markierungsstangen steckten nicht. Unterrichtet wurden die acht Klassen in zwei Räumen. Ich wurde für die vierte Klasse eingeteilt, also gehörte ich in den Raum der Klassen eins bis vier. Unsere Lehrerin hieß Frau Zwicknagel, ich fand den Namen witzig. Während Klasse eins und zwei Rechenaufgaben zu lösen hatten, erhielten die anderen Schüler Deutschunterricht. Viel gelernt wurde in dieser Schulzeit nicht, aber ich erhielt das beste Zeugnis meiner gesamten Schülerlaufbahn, in fast allen Fächern nur Einser und ein paar Zweier. Davon konnte ich später nur noch träumen.

Heiligabend 1945

Heiligabend 1945 werde ich nie vergessen. Papa und Karl-Heinz zogen in den Wald, um eine Tanne zu fällen. Als sie zurückkehrten, trugen sie ein kleines Bäumchen herein. Es war der kleinste Christbaum, den ich je in unserer Familie gesehen habe. Aber er war sehr schön gewachsen, kerzengerade und gleichmäßig im Geäst. Ein größerer Baum hätte auch gar nicht in unsere Hütte gepasst. Nun wurde er in einen Eimer mit Wasser gestellt. Es gab weder Kerzen noch Lametta. Mama bastelte Papiersternchen aus gebrauchtem Packpapier. Diese Sternchen waren die einzige Zierde für das Bäumchen. Als wir am Abend beisammen standen und Weihnachtslieder sangen, begann Mama mittendrin laut zu lachen. Wir alle stimmten ein. Reiner Galgenhumor! Dann flossen die Tränen. Später am Abend machten wir uns auf den Weg zur Christmette in Martinsneukirchen. Mit Karbidlaternen in der Hand ging es bergauf, bergab durch tiefen Schnee. Es wurde ein unvergesslicher, fröhlicher Heiligabend. Schließlich waren wir alle gesund und am Leben geblieben. Außerdem hofften wir, dass wir ja bald wieder zu Hause in Schlesien feiern würden.

Aufbruch in den Norden

Mein Vater wurde ungeduldig, er wollte zurück in den Polizeidienst. Eine Wiedereingliederung in den Polizeidienst war in der amerikanischen Zone aufgrund seiner früheren Parteizugehörigkeit unmöglich, und so drängte Papa zum Aufbruch. In der britisch besetzten Zone, im Norden Deutschlands, lagen die Verhältnisse für eine Wiedereinstellung anders. Auch Mama war nicht glücklich. Die Jungen sollten wieder eine höhere Schule besuchen. Nach der Flucht aus Oberschlesien hatten wir anderthalb Jahre in der amerikanisch besetzten Oberpfalz verbracht. Nun entschlossen sich meine Eltern nach Niedersachsen überzusiedeln. Also auf in den Norden! Wieder packten wir unsere „sieben Sachen", und samt Dienstmädchen und Dackel ging es zum Bahnhof. Der einfahrende Zug war überwiegend mit Flüchtlingen überfüllt. Die Verkehrsverhältnisse hatten sich seit der Flucht nicht verbessert. Die Reise ging über Regensburg nach Norddeutschland. In Uelzen wurden die Flüchtlinge hinausgesetzt. Dort wurden wir von Flüchtlingsbetreuern abgeholt und mit Lastwagen in ein Zeltlager transportiert. Dort hieß es erst mal zur Registrierung Schlange stehen. Dann wurde uns ein Zelt für etwa sechs Personen zugewiesen. Als wir unsere Habe im Zelt verstaut hatten, mussten wir zur Entlausung antreten. Wieder Schlange stehen. Wenn man an der Reihe war, gab es mit einem Zerstäuber eine Ladung Läusepulver in die Bluse, eine auf den Rücken und zwei in den Slip. Auch unsere Hexe wurde nicht verschont. Sie sah anschließend wie in Mehl gewälzt aus. An anderer Stelle auf dem Platz erhielten wir Schlafdecken. Eine Essensausgabestelle suchten wir zu vorgegebenen Tageszeiten auf.

Da wir weder über eine Zeitung noch über ein Radio mit der Außenwelt verbunden waren, unterhielt uns Papa abends im Zelt mit Witzen, selbsterfundenen Anekdoten und gruseligen Erlebnissen aus dem Polizeidienst. Meine Schwester und ich lagen dabei eng an Mama gekuschelt. Wenn Papa zu erzählen begann, war es mucksmäuschenstill in den Nachbarzelten, denn alle lauschten den Erzählungen mit. Eine erdachte Geschichte habe ich mir gemerkt: Ein Jäger streifte nachts durch den dunklen Wald, als ihm zwei leuchtende Augen entgegenkamen. Es waren die Augen eines Löwen. Der Jäger legte das Gewehr an und zielte genau zwischen die Augen. Der Schuss war sicher gezielt, aber die Augen kamen immer näher und näher. Es waren zwei Löwen. Einer hatte das rechte, der andere das linke Auge zugedrückt. Man konnte die Nachbarn lachen hören. Mein Vater, sonst die Strenge in Person, war mit einem goldenen Humor gesegnet. In der erbärmlichen Lage, in der wir uns alle befanden, versuchte er die Menschen aufzuheitern und ihnen Mut zu machen. Eigentlich wollte jeder nur hören, dass es bald wieder heimwärts geht. Zwei Wochen dauerte unser Aufenthalt dort. Dann wieder in einen Zug, ins nächste Flüchtlingslager nach Poggenhagen. Dort fand das gleiche Prozedere wie in Uelzen statt: Registrierung, Zeltzuweisung, Entlausung usw. Nach einigen Wochen, im Spätherbst 1946, brachte uns ein Zug dann endlich nach Hannover. Hier wurden wir in einen Bunker in Herrenhausen einquartiert. Diese vier Wochen waren entsetzlich. Wir hausten in einem großen Raum mit zig Feldbetten neben- und übereinander, trüber Beleuchtung, stickiger, verbrauchter Luft und einem entsetzlichen Stimmengewirr. Da wurden uns nun unsere Betten zugewiesen. Wir Kinder hielten uns dicht an unsere Eltern. Was sich in diesem Bunker unter den Menschen abgespielt hatte, muss schlimm gewesen sein. Mama war hauptsächlich damit beschäftigt, uns die Augen zuzuhalten, oder uns zu ermahnen, woanders hinzuschauen. Auch hier erhielten wir Nahrungsmittel vom Deutschen Roten Kreuz. Aber wie es so bei Heranwachsenden ist, waren wir trotzdem immer hungrig. Schräg gegenüber vom Bunker gab es einen Lebensmittelladen. Siegfried kam auf den Gedanken, Kunden, die den Laden verließen, um Lebensmittelmarken zu bitten. Er nahm mich wieder bei der Hand. Wir stellten uns vor die Ladentür. Es war kalt und regnerisch. Und wir beide nur mit leichter Kleidung angezogen, Siegfried mit Sandalen und ich mit offenen Schuhen. Da ich inzwischen aus den alten Schuhen herausgewachsen war, hatte Mama vorn die Kappen abgeschnitten, und meine Zehen hatten wieder Platz. Wir sahen zum Erbarmen aus! Ich hielt mich etwas im Hintergrund, weil ich mich schämte. Meist waren wir erfolgreich, und die erbettelten Marken halfen uns über den schlimmsten Hunger hinweg. Unseren kleinen Rauhaardackel mussten wir wieder verstecken, denn auch er brauchte ein

Plätzchen zum Ruhen und etwas zum Essen. Beides jedoch reichte kaum für die Menschen.

Unser erstes Zuhause in Hannover

Nach wochenlangem Ausharren im Bunker erhielten wir ein Zimmer von etwa 24 qm in der Aachener Straße. Hier wurden wir sehr unwirsch aufgenommen. Die Einrichtung des Zimmers bestand aus einem Doppelbett, einem Tisch mit Stühlen und einem Einbauschrank. Die Zentralheizung hatte man uns abgestellt. Glücklicherweise konnte mein Vater einen alten Ofen auftreiben. Der Rauch wurde durch ein Rohr aus dem Fenster geleitet. Bei stürmischem Wetter drückte der Wind zu unserem Leid den Rauch zurück ins Zimmer. Auf der Platte des Ofens wurde gekocht, sofern sich etwas dafür fand. Die Kohle und Briketts wurden auf dem Balkon gelagert. Dieses winzige Reich für unsere sechsköpfige Familie plus Dienstmädchen Gertrud und Dackel! Und dieser Zustand vier lange Jahre lang! Nur Gertrud fand schon nach einigen Tagen einen neuen Job mit Unterkunft in Mittelfelde.

Mein Vater findet eine Arbeitsstelle

Mein Vater hatte inzwischen einen Job in der Kammfabrik Radtke & Wahl erhalten und ließ sich seinen Arbeitslohn in Materialien, also in Kämmen, auszahlen. Mit diesen Kämmen im Rucksack ging Vater viele Kilometer weit, um sie auf dem Lande gegen Nahrungsmittel einzutauschen. Abends, wenn er erschöpft zurückkehrte, hatte er immer etwas Essbares mitgebracht: Kartoffeln, Eier und andere Köstlichkeiten. Nun suchte mein Vater Zeugen, die ihn in politischer Hinsicht hätten entlasten können. Er fand auch die Adresse des Bürgermeisters aus der Heimat heraus und bat diesen, für ihn auszusagen. Aber aus unerklärlichen Gründen kam nie eine Antwort. Bis zur erhofften Wiedereinstellung in den Staatsdienst erhielt Vater ein Wartegeld, von dem wir bei aller Sparsamkeit alleine nicht leben konnten. Nach Jahren war es für meinen Vater nun doch möglich, sich für den Polizeidienst zu bewerben, aber da wurde er aus Altersgründen abgelehnt. Man stellte bevorzugt junge Männer ein.

Jugendjahre in Hannover

Meine Eltern versuchten noch das Beste aus der gegenwärtigen Situation herauszuholen. Zuerst mussten wir Kinder in eine Schulklasse eingegliedert werden. Meine Schwester Katharina wurde in die Volksschule eingeschult. Nach ihrem Schulabschluss absolvierte sie eine kaufmännische Lehre. Für meinen zweiten Bruder Karl-Heinz, der aus der Aufbauschule herausgerissen und in den Krieg geschickt wurde, musste eine Oberschule gefunden werden. Da er aber durch die Kriegseinwirkung einige Schuljahre verloren hatte, konnte er aus Altersgründen nicht mehr in eine für ihn in Frage kommende Klasse aufgenommen werden. Ähnlich erging es meinem Bruder Siegfried, er konnte aber noch einen Abschluss in der Volksschule erreichen. Während seiner Schulzeit sorgte Siegfried für uns. Er verteilte die Schulspeisung, und wenn etwas übrigblieb, durfte er den Rest mit nach Hause nehmen. Jetzt wurde für die beiden Jungen eine Lehrstelle gesucht. Zwei Lehrstellen für das Bäckerhandwerk wurden auch bald gefunden. Bei ihren Lehrherren erhielten sie auch Unterkunft und Verpflegung. Jetzt waren wir nur noch vier hungrige Familienmitglieder und Dackelin Hexe. Wir liebten unseren kleinen Hund sehr. So lange hatten wir unser vierbeiniges Familienmitglied gehütet wie einen Augapfel. Dann geschah das Unglück. Im Januar 1947, es herrschte Eisglätte auf den Straßen, gingen wir mit Hexe unangeleint am Altenbekener Damm auf dem Bürgersteig entlang. Als ein englischer Jeep nahte, rannte unser Tierchen auf die Straße und wurde voll erwischt, direkt vor der Tür eines Tierarztes. Der Tierarzt war nicht anwesend, und Hexe verstarb in meinen Armen. Das war ein weiterer harter Schlag. Hexe war noch ein Stückchen Heimat und sollte meinem Bruder Odo, wenn er eines Tages aus der Gefangenschaft entlassen werden würde, übergeben werden. Es gab viele Tränen. Hexe wurde in der Eilenriede, dem Stadtwald, begraben.

Die Rückkehr von Odo

Bis Odo im Sommer 1948 aus der englischen Kriegsgefangenschaft entlassen wurde, gab es nur einen knappen Briefwechsel. Die Eltern machten sich jetzt nicht mehr allzu große Sorgen, denn sie hofften, dass ihm bei den Engländern nichts Lebensbedrohliches passieren würde. Sie behielten Recht. Schlecht dagegen ging es den Gefangenen in russischen oder sibirischen Lagern. Während der Gefangenschaft in einem Lager wurde er tagsüber auf einen Bauernhof zur Feldarbeit beordert. Ihm machte die Arbeit Spaß. Außerdem genoss er die Vorzüge eines Familienanschlusses. Die Familie des Hofes behandelte ihn fast freundschaftlich. Auch nach seiner Entlassung hielt er noch diesen Kontakt aufrecht. Eines Tages - ohne Vorankündigung - stand Odo vor uns. Auch für ihn kam die plötzliche Entlassung überraschend.

Meine Schwester Katharina, meine Mutter und ich, 1948

Ein festes Zuhause

Als junge Erwachsene merkte ich, dass wir recht weltfremd erzogen wurden. Das bekam ich schmerzhaft zu spüren, als wir in die Großstadt zogen. Nur wenige Menschen hielten sich konsequent an die Zehn Gebote. Ich erinnere mich daran, als mich Mutter einmal zum Einkaufen schickte. Sie legte mir ein Portemonnaie mit Geld und Lebensmittelmarken in den Einkaufskorb. Ich reihte mich brav in die anstehende Menschenschlange vor dem Geschäft ein. Als ich an der Reihe war und mein Portemonnaie nehmen wollte, traf mich fast der Schlag. Nichts lag mehr im Korb. Unfassbar! Man darf doch nicht stehlen!

Die Schwester meines Vaters, Tante Franziska, besuchte uns einmal kurz 1950 in Hannover. Sie hatte uns in den Nachkriegswirren ausfindig gemacht. Eine engere Verbindung wurde daraus nicht. Jeder setzte in dieser schweren Zeit andere Schwerpunkte. Bis 1950 lebten wir nun in der kleinen Bleibe in der Aachener Straße. Wir Kinder empfanden unsere Lage gar nicht so schlimm. Wir spielten viele Spiele wie beispielsweise Völker- und Schlagball und hüpften Hinkelkasten und peitschten den Kreisel. Es gab ja kaum Autos auf der Straße. Ab und zu lieh uns auch ein Nachbarskind mal einen Rollschuh oder gar seinen Tretroller. Auch konnten wir in der Eilenriede toben, ohne dass uns ein Verbot oder Gefahr von menschlicher Seite drohte. Eigentlich ging es uns Kindern in dieser Hinsicht damals besser als den Kindern von heute. Nur an die Sorgen der Eltern darf man nicht zurückdenken. Wie sollten sie am nächsten Tag uns Kinder wieder satt kriegen?

Im Jahr 1950 erhielten wir eine 56 qm große Wohnung am Mittelfelde, in einem Wohnblock, eigens gebaut für Flüchtlinge und Ausgebombte, einfach und auf die Schnelle, wie damals anders nicht möglich. Jetzt mussten die notwendigsten Möbel her, der Kauf war uns damals nur auf Raten möglich. Meine Eltern mussten diese Schulden jahrelang Stück für Stück, vom Munde abgespart, abbezahlen.

Carlo

Da wir von dem Wartegeld allein nicht leben konnten, suchte mein Vater einen Nebenjob. Eines Tages lernte er Frau Jurczyk kennen, eine Flüchtlingsfrau aus Danzig. Sie betrieb einen Obst- und Gemüsestand ganz in der Nähe unserer Wohnung, um ihren Lebensunterhalt zu finanzieren. Bald half mein Vater mit im Geschäft. Er fuhr frühmorgens mit einem alten „Tempo", einem Dreiradauto, zum Großmarkt, kaufte Obst und Gemüse ein und bestückte den Stand am Straßenrand. Einmal fuhr mein Vater zu schneidig und der „Tempo" kippte um. Der Einkauf verteilte sich auf der Straße. Papa sammelte geduldig Äpfel, Birnen und alles andere wieder ein und setzte seine Fahrt fort. Carlo, mit Taufnamen Karl-Heinz, war der elfjährige Sohn von Frau Jurczyk. Er fand bei uns schnell Familienanschluss und wurde zu einem treuen, langjährigen Freund. Meine Schwester Katharina war damals zehn und ich vierzehn Jahre alt. Carlo kam nach dem Schulunterricht zu uns, legte seinen Tornister im Korridor ab und setzte sich wie selbstverständlich zu uns an den Esstisch. Nach dem Mittagessen half ich ihm beim Erledigen seiner Hausaufgaben. Für mich war er wie ein kleiner Bruder. Gegen Abend, wenn der Gemüsestand geschlossen wurde, ging Carlo mit seiner Mutter heim. Und Papa war wieder bei uns. Später wurde Carlo von Beruf Kfz-Meister und leitete eine Ford-Werkstatt. Schon als Lehrling reparierte er uneigennützig meine kleinen gebrauchten Autos. Später kaufte ich nur Neuwagen der Marke Ford. Carlo ist heute 73 Jahre alt und mein treuester Kamerad, immer ehrlich und zuverlässig in der Not. Ich schätze ihn sehr.

Das Dreiradauto „Tempo"

In der Schule in Hannover

Als ich später in Hannover an der Kestner-Schule, einer Volksschule, eingeschult wurde, musste ich eine Klasse zurückgestuft werden, weil ich nicht den erforderlichen Wissensstand vorweisen konnte. Durch die Flucht hatte ich zu viel Unterricht versäumt, und für die fünfte Klasse in der neuen Schule reichten die in Bayern erworbenen Kenntnisse nicht aus, was unter den gegebenen Umständen auch nicht anders zu erwarten war. Der Unterricht in der neuen Schule verlief ohne besondere Ereignisse. Neue Freundinnen gewann ich hier nicht, denn ich war katholisch, und fast alle Mitschüler gehörten der evangelischen Kirche an. Somit war ich in ihren Augen eine Außenseiterin. Was mir am Besten an dieser Schule gefiel, war die Schulspeisung. Meine Lieblingsessen gab es dienstags und donnerstags: Erbseneintopf, ein Riegel Cadbury Schokolade oder ein Rosinenbrötchen und eine süße Suppe, genannt Tapetenkleister.

Zum nächsten Schuljahr meldete mich meine Mutter an der St. Ursula-Oberschule an. In unserer Familie war es Tradition, dass die Töchter von den Ursulinen unterrichtet wurden. Selbst in dieser schweren Zeit hielten meine Eltern an dieser Tradition fest. Eine Nonne empfing uns. Sie führte uns in ein kleines Büro, wo ich mich einer kurzen Aufnahmeprüfung unterziehen musste. Ich wurde aufgenommen, musste aber die Klasse wiederholen, da ich noch keine Englischkenntnisse vorweisen konnte. Da es sich bei der

St. Ursula-Oberschule um ein privates Mädchengymnasium handelte, wurde auch Schulgeld fällig. Das Schulgeld betrug, soweit ich mich erinnern kann, 40 DM pro Monat. Eine Menge Geld, wenn man bedenkt, dass gerade die Währungsreform stattgefunden hatte und jeder 40 DM Geld als Einmalzahlung zum Überleben vom Staat erhielt. Wie meine Eltern das Geld aufbrachten, weiß ich nicht. Einige Jahre übernahm der Pfarrer von der St. Heinrich-Kirche die Zahlung. Von nun an wurde ich fast nur von Nonnen unterrichtet. Der Schulweg erstreckte sich über mehrere Kilometer in einen anderen Stadtteil von Hannover. Mit dem Fahrrad oder der Straßenbahn war der Weg leicht zu bewältigen. Meistens fuhr ich mit dem Rad, nur im Winter mit der Straßenbahn, was für Schüler 10 Pfennige kostete. Bahn zu fahren war kein Vergnügen. Die Bahnen waren immer überfüllt, die Menschen hingen wie Trauben in den Eingängen. Dafür erreichte man aber sein Ziel trocken. Auch diese Schule musste sich mit wenig Raum begnügen. Deswegen zog die Schule bald in die Albert-Niemann-Straße, in Hannovers Südstadt, um. Auch diese Straße war im 2. Weltkrieg komplett zerstört worden. Wir

Schüler mussten über Schutt steigen, um in die kleine Kapelle und den Schulraum zu gelangen. Es handelte sich um eine vorübergehende Lösung. In der Parallelstraße, der Simrockstraße, wurde schon in unmittelbarer Nähe zur St. Heinrich-Kirche an einem neuen Schulgebäude gebaut. Auch an der St. Heinrich-Kirche wurde gebaut. Als der zuständige Pfarrer einmal von der Kanzel aus um Goldspenden erbat für eine vergoldete Weltkugel, auf der eine Christus-Figur Platz finden sollte, opferten meine Eltern ihren letzten Schatz: ihre Eheringe.

Meine Klassenlehrerin wurde Mater Angelika. Ich mochte sie sehr, sie war streng und doch liebevoll. Nur eine Schulfreundin war fast immer bei mir. Sie war ein armes Mädchen wie ich. Die anderen Kinder wollten in den Pausen nicht mit mir spielen. Sie ekelten sich vor meiner Schuppenflechte. Wenn wir Schwimmunterricht hatten, wollten die Mitschüler nicht, dass ich mit ins Wasser sprang. Sie befürchteten eine Ansteckung und meinten, meine Mutter solle mit mir zum Arzt gehen. Dabei hatte Mama mit mir schon etliche Hautärzte aufgesucht. Alle dokterten an mir herum, aber sie waren ratlos. Sie haben fürchterliche

Behandlungsmethoden an mir ausprobiert. Einige Ärzte glaubten, ich hätte die Krätze. Meine nicht ansteckende Hautkrankheit war noch nicht so erforscht wie heute. Ich hatte mich sehr geschämt und wurde stiller und stiller. Dann hatte ich noch ein anderes Problem mit mir herumgetragen, wofür ich mich schämte. Wenn die Mädchen in den Pausen ihre gut belegten Butterbrote auspackten und auch untereinander tauschten, holte ich möglichst unbemerkt meine Schnitten aus der Tasche. Sie waren in Zeitungspapier eingewickelt, nur mit Margarine bestrichen und bogen sich wie dünne Schuhsohlen auseinander. Ich kaute auf dem Brot herum, und es wurde immer mehr in meinem Mund.

Später unterrichteten uns auch einige weltliche Lehrkräfte, darunter ein Mann für das Fach Englisch. Zu damaliger Zeit wurden nur Mädchen unterrichtet, erst viel später kamen Jungen und auch Andersgläubige dazu. Die Lehrer und der Unterricht gefielen mir sehr, aber das Drumherum wurde unerträglich für mich. Als der Pfarrer die Schulgeldzahlungen einstellte, weil jetzt ein anderes bedürftiges Kind bedacht werden musste, verließ ich die Schule. Meine Eltern sahen sich nicht in der Lage, das Schulgeld aufzubringen. Den angestrebten Schulabschluss erreichte ich deshalb nicht. Allzu traurig war ich allerdings nicht darüber, die Schule Ostern 1952 verlassen zu müssen. Als Erwachsene belegte ich bei der Volkshochschule regelmäßig verschiedene Fächer zur Weiterbildung, um das fehlende Abitur in meinem Bildungsstand auszugleichen. Unter anderem war ich Mitglied im Stenografenverein.

Einige Lehrkräfte, darunter die Oberin, unterrichteten später noch meine beiden Töchter bis zum Abitur. Neben meinen Eltern habe ich auch dieser Schule eine strenge und gute Erziehung zu verdanken. Als Kind war ich anderer Ansicht, aber heute bin ich dafür sehr dankbar.

Tante Annemarie

Tante Annemarie fand nach dem Krieg bald eine privilegierte Anstellung als Hausdame bei einem verwitweten Fabrikanten in Mönchengladbach. Als seriöse, elegante Erscheinung genoss sie jetzt die gleichen Annehmlichkeiten wie der reiche alte Herr selbst. Eines Tages erhielt ich eine Nachricht von Tante Annemarie, dass mich der alte Herr für ein paar Wochen nach Mönchengladbach einladen wollte. Damals war ich etwa 15 Jahre alt. Die Fahrkarte erhielt ich von meiner Tante. Schnell packte ich einen kleinen schäbigen Pappkoffer mit den wenigen Dingen, die mir zur Verfügung standen. Sodann reiste ich tapfer mutterseelenallein los. Vom Zielbahnhof wurde ich von Tante Annemarie auf dem Bahnsteig in Empfang genommen. Vor dem Bahnhof wartete auf uns eine riesige schwarze Limousine mit Chauffeur. Solch ein elegantes Fahrzeug hatte ich vorher noch nie gesehen, geschweige denn bestiegen. In diesem Wagen fuhren wir weite Strecken am schönen Rhein entlang. Anschließend lud uns der alte Herr in luxuriöse Restaurants zum Essen und Kaffee ein. Ich kam aus dem Staunen nicht mehr heraus. Nur einmal schaute mich mein Gastgeber erstaunt und fragend an: Ich schob die Vorspeise zur Seite, denn Pastete mit Ragout fin kannte ich damals noch nicht. Diese interessante Zeit verging wie im Flug. Zum Abschied fand eine Besichtigung der Stofffabrik des Gastgebers statt. Ich durfte mir einen Kleiderstoff aussuchen und wünschte mir einen taubenblauen Gabardinestoff. Eine befreundete

Schneiderin nähte mir daraus ein wunderschönes Kleid. Viele Wochen später erhielt ich eine Rechnung für den Stoff über 15 DM. Ich fiel aus allen Wolken. Das war viel Geld für damalige Verhältnisse und besonders für meine Eltern, die nicht viel besaßen. Wahrscheinlich handelte es sich um ein Missverständnis im Büro meines Gönners. Von einer Rückfrage hielt uns allerdings unser Stolz ab. Mama kratzte das Geld zusammen und überwies es.

Nach einigen Jahren hielt Tante Annemarie die Sehnsucht nach ihren beiden Schwestern Marlo und Eva nicht mehr aus. Beide waren gleich nach Kriegsende nach Kanada ausgewandert. Inzwischen hatten sie sich dort eine lebenswerte Existenz aufgebaut. Tante Annemarie wollte wieder in ihrer Nähe sein. Es dauerte nicht sehr lange, und sie schrieb uns aus Toronto. Und sie wollte gern, dass ich nachkomme. Ich war hellauf begeistert, fuhr gleich wegen des erforderlichen Visums zum kanadischen Konsulat nach Hamburg. Dazu musste ich mich einer gesundheitlichen Untersuchung unterziehen und verschiedene Formalitäten erledigen. Als mir alle nötigen Reiseunterlagen vorlagen, verließ mich ganz plötzlich der Mut. Ich konnte mich nicht von meiner Familie trennen. Der Gedanke an einen Abschied verursachte mir Übelkeit. Ich wurde sehr kleinlaut und vermied jede Anspielung auf meine geplante Auswanderung. Tante Annemarie war mir nicht böse. Nur mir war die Angelegenheit außerordentlich peinlich. Das Leben meiner Tante verlief in Kanada nicht sehr glücklich. Nach einigen Jahren in ihrer Wahlheimat wurde sie schwer krank. Ihr wurde ein Bein amputiert, und sie verbrachte die letzten Jahre ihres Lebens im Rollstuhl. Sie starb aber im Kreise ihrer geliebten Familie.

Meine Lehre

Nachdem ich die Schule verlassen hatte, beschlossen meine Eltern und ich, dass ich eine kaufmännische Ausbildung beginnen sollte, also entweder Handelsschule oder Lehre. Eine Handelsschule kam aus finanziellen Gründen nicht in Frage. So machte ich mich auf den Weg zum Arbeitsamt. Zum ersten Mal war ich auf mich allein gestellt. Dazu musste ich allen Mut aufbringen. Im Arbeitsamt standen die Menschen Schlange. Es handelte sich nicht nur um Arbeitsuchende, sondern auch um Leute, die sich einmal pro

Woche nach Arbeitsmöglichkeiten erkundigen mussten, um sich dann ihre Unterstützungskarte abstempeln zu lassen. Lehrstellen waren zur damaligen Zeit knapp. Die einzige vakante Lehrstelle bot ein Großhandelsunternehmen für Stahl und Baggerersatzteile an. Nach einem kurzen Vorstellungsgespräch und einem leichten Schreib- und Rechentest wurde ich direkt eingestellt. Dass ich nicht Mitglied einer Gewerkschaft war, erleichterte die Einstellung. Laut Lehrvertrag erhielt ich im 1. Lehrjahr 25 DM je Monat. Im 2. und 3. Lehrjahr erhöhte sich der Betrag um je 10 DM. Die Arbeitszeit begann eigentlich um 08.00 Uhr und endete um 16.00 Uhr. Samstags wurde von 08.00 bis 12.00 Uhr gearbeitet. Das erste Lehrjahr erwies sich als das Schwerste. Ehe um 08.00 Uhr die ersten Angestellten und der weibliche Lehrling im 2. Lehrjahr erschienen, hatte ich schon die Post aus dem Schließfach vom Hauptpostamt in der Stadtmitte abgeholt, die Asche aus dem Kohleofen im Büro entfernt und das Feuer neu entfacht. Zum Feierabend, wenn die anderen Kollegen das Büro längst verlassen hatten, musste ich oftmals mit den Unterschriftsmappen auf den Chef warten, bis dieser von einer Geschäftsreise zurückkehrte. Als er dann endlich die erforderlichen Unterschriften geleistet hatte, kuvertierte ich die Briefe, versah diese mit dem Freistempler (Frankiermaschine) mit entsprechendem Porto und machte mich dann wieder mit den Briefen auf zur Hauptpost. Im Vergleich dazu geht es den Azubis von heute sehr gut.

Meine Nichte Gabriela, meine Schwester und meine Mutter an Weihnachten, 1952

Au-pair Jahre in England

Nach der erfolgreich absolvierten Lehre zog es mich als Au-pair nach England. Genauer gesagt landete ich in dem Dorf Henlade bei Taunton/Somerset bei einem Fabrikantenehepaar mit den beiden halbwüchsigen Söhnen Thomas und Frank. In dieser Zeit lernte ich körperliche Arbeit kennen. Ich hatte das Haus sauber zu halten, musste die Fußböden wischen, Staub wischen und danach die Möbel und die Böden mit parfümiertem Wachs einreiben. Der Flieder- und Veilchenduft ist mir immer noch präsent, wenn ich nur daran denke. Im Herbst in Südwestengland hatte ich das Gefühl, der feuchte Nebel schlägt sich direkt auf das Holz im Hause nieder. Wenn die Familie am Abend beim Fernsehen saß, durfte ich mit dem Nähkorb bei ihnen sitzen und Strümpfe stopfen. Einmal sollte ich deutsch kochen. Es musste etwas Schnelles geben. Also bereitete ich am Abend Bratkartoffeln und Hering zu. Da nach dem Essen meistens Tee angesagt war, backte ich dazu Haferflockenmakronen. Meine Lady half mir beim Servieren. Doch plötzlich traute ich meinen Augen nicht: Sie drapierte auf die Bratkartoffeln, die süßen Haferflockenmakronen und den Fisch darüber. Ehe ich die Angelegenheit aufklären konnte, erklärte die Familie das deutsche Essen für merkwürdig. Ich im Übrigen auch, denn die Makronen waren doch eigentlich zum Tee gedacht!

Ein anderes großes Malheur passierte mir während dieser Zeit. In den Zimmern, die nicht mit einem Kamin ausgestattet waren, heizte man mit kleinen runden Petroleumöfen. Ich kannte diese Art Heizung nicht. Der Ölbehälter wurde aufgefüllt und mir wurde gezeigt, wie ich die Flamme anzünden musste. Weitere Erklärungen folgten nicht. Also entzündete ich das Feuer, schaute wie die kleine Flamme loderte und ging, um Wäsche draußen auf die Leine zu hängen. Als ich wieder im Haus war und nach dem Ofen schaute, traf mich beinahe der Schlag: Das kleine Zimmer war voll von schwarzem Rauch. Ich riss das Fenster auf, sah auf das kleine Ungetüm von Ofen mit einer riesigen Flamme. Meine Lady hatte mich nicht auf das Anwachsen der kleinen Flamme hingewiesen. Als ich die Flamme ausgedreht und wieder den Durchblick hatte, traf mich zum zweiten Mal fast der Schlag. Ich glaubte, ich befände mich in einer Kohlengrube. Alles voller Ruß, die Decke, der Fußboden, die

Wände, das Bett. Ich hätte weinen können! Sogleich machte ich mich an die Reinigung. Es wurde eine elende Schmiererei. Meine Lady hatte über mein Pech keine Silbe verloren, geschweige denn, sie hätte mir irgendwie geholfen. Sie ließ mich einfach in dieser Misere schmoren.

Jeden Dienstagabend fuhr ich zum Englischunterricht für Ausländer nach Taunton. Die Busse fuhren selten und noch seltener fuhren sie pünktlich. Oft hielt an der Haltestelle ein Pkw und nahm mich mit bis vor die Schule. Das Anhalterfahren war damals noch ungefährlich. Heute würde ich nicht mehr dazu raten.
In meiner Klasse lernte ich die Schwedin Birgit Lindeberg kennen. Wir wurden bald enge Freundinnen. Sie lebte als Au-pair bei einer Arztfamilie in einem anderen Dorf. Nach dem Unterricht gingen wir meistens noch auf eine Portion Fish and Chips in die City. Nirgends schmeckte mir später dieses Essen aus der Tüte so gut wie damals. Wir besuchten uns am Wochenende gegenseitig. Mit Birgit besprach ich mein Vorhaben, die Stelle zu wechseln, weil ich den Dienstagabend auch im Hause verbringen sollte und somit den Englischunterricht nicht weiter hätte fortführen

können. Schließlich sollte mein Aufenthalt ja meine Sprachkenntnisse vervollständigen. Schon bald sprach ich beim Arbeitsamt Taunton vor. Man vermittelte mir gleich eine Anstellung im Musgrove Park Hospital. Zuerst arbeitete ich im Personal-Restaurant und bediente. Dort entdeckte mich die aus Neuseeland stammende Miss Owell, die als stellvertretende Oberin im Krankenhaus arbeitete, und fragte mich, ob ich nicht Krankenschwester werden wollte. Die deutschen Krankenschwestern wären ihre Besten. Aber ich wollte nicht, und so wurde ich stattdessen ihre Assistentin, was für mich ein Glücksfall war! Ich bekam geregelte Arbeitszeiten, einen guten Lohn und wohnte im Schwesternheim auf dem Krankenhausgelände. Gut zu sprechen auf die Deutschen war man dort nach dem Krieg noch nicht. Miss Owell nahm mich unter ihre Fittiche. Ich hielt ihre Schwesternwohnung in Ordnung und brachte ihr frühmorgens ihren Tee ans Bett. Da lag sie meistens schon munter mit der Zeitung in den Händen und ihrem Wellensittich Peter Pumpkin auf dem Kopfkissen. Ihre Kissen waren übersät mit Federn, Zigarettenasche und ein paar Klecksen von dem Vogel. Ich übersah das alles, weil ich sie sehr gern hatte. Am Abend saßen wir beisammen. Ich musste ihr dann aus der Zeitung vorlesen, damit sie meine Aussprache korrigieren konnte. Durch sie habe ich viel gelernt. Mein Englischexamen bestand ich mit Bravour. Von ihren Krankenschwestern wurde sie Miss Dragon genannt, weil sie ein sehr strenges Regiment führte. Aber zwischen uns entwickelte sich eine Art Mutter-Tochter-Verhältnis. Nur einmal ließ sie mich doch spüren, dass ich Deutsche war: Sie erzählte mir, wie ihr Vater in der Heimat in einem Restaurant allein an einem Tisch saß, als sich ein deutscher Mann zu ihm gesellen wollte. Ihr Vater stand auf und verließ das Lokal. Das saß! Sie war Jüdin.

Schwesternhelferin Peggy und ich vor der Schwestern-unterkunft, 1956

Rückkehr aus England

Knapp anderthalb Jahre später, 1956, kehrte ich zu Weihnachten nach Hause zurück. Nach meiner Ankunft zu Hause war ich beim Anblick meiner Eltern sehr erschrocken. Sie sahen beide sehr krank und schwach aus. Vermutlich litt Vater bereits an Lungenkrebs. Mutter verlor nach und nach ihr Gedächtnis. Mit meiner Schwester unterhielt ich während meiner Abwesenheit einen regen Briefwechsel, aber vom Zustand meiner Eltern hatte sie nichts erwähnt. Sie wollte mich wohl nicht beunruhigen.

In den folgenden Tagen suchte ich das Arbeitsamt auf und erhielt ein Angebot, als Abteilungssekretärin in der Verkehrsleitung des Flughafens Hannover-Langenhagen zu arbeiten. Mein Bruder Odo arbeitete inzwischen beim Bodenpersonal der Pan American World Airways, kurz Pan Am, und mein Jugendfreund Gori bei der British European Airways, kurz BEA. Somit waren wir wieder zusammen. Ich liebte meine Arbeit dort, denn ich schnupperte den „Duft" der großen weiten Welt. Damals landeten nur wenige Verkehrsflugzeuge am Tage, dafür umso mehr Geschäfts- und Sportflugzeuge. Manche Piloten sprachen von unserem Flughafen als einem „Restaurant mit Landemöglichkeit". Oft erhielt ich die Gelegenheit mitzufliegen, entweder umsonst oder zu einem stark reduzierten Preis. Mein Chef gab mir für Tagesflüge jedes Mal frei. Meinen allerersten Flug absolvierte ich mit einer „Moran S.", einem sehr schnellen Jet. Mein Freund Gori organisierte den Flug, der mit einigen Überraschungen für mich verbunden war. Ich wurde angeschnallt, bekam einen Helm auf den Kopf gestülpt und schon rollte die Maschine zum Start. Mit einem rasanten Start begann der ebenso rasante 20-minütige Flug. Als sich die Maschine auf den Rücken drehte, spürte ich von meinem Körper nur noch meinen Kopf mit dem schweren Helm. Es kam mir so vor, als ob sich mein Körper vom Kopf verabschiedet hätte. Es waren unendlich lange 20 Minuten. Als wir wieder auf dem Rollfeld vor der Halle angekommen waren, standen Feuerwehrleute mit einer Rollliege und einer Spucktüte am Flugzeug bereit. Mir ging es gut, ich ignorierte diese Vorsichtsmaßnahme und ging wieder in mein Büro. Später erfuhr ich, dass es sich um einen Trick handelte. Hätte ich mich auf die Liege gelegt, wäre eine Runde Bier fällig gewesen.

Von brenzligen Situationen im Cockpit erfährt man als normaler Fluggast kaum etwas. Anders verhält es sich, wenn man vorn bei den Piloten sitzt. Einige Male beschlich mich Angst, als ich die Gespräche zwischen den Piloten hörte. Als ich nach einigen Jahren meinen Job am Flughafen aufgab, stellte sich bei mir Flugangst ein. Aber je öfter ich dieses unangenehme Gefühl verdrängte, weil ich in den Urlaub fliegen wollte, umso mehr verringerte sich die Flugangst nach und nach.

Mit einem Modellflugzeug, 1960
Wie ich von einem Fluggast erfuhr, hing dieses Foto in Übergröße einige Jahre lang in der Ankunftshalle des Züricher Flughafens.

Ein aufregendes Reiseerlebnis mit meiner Schwester

Als wir erwachsen wurden, verstand ich mich prächtig mit meiner Schwester. Ein kleines Zimmer mit einer Schlafcouch und einigen anderen Möbeln war unser gemeinsames Reich. Da wir auch in den Nachkriegsjahren mit wenig Geld auskommen mussten, nähten wir uns unsere Kleider und Röcke mit der Hand selbst. Die Schnittmuster und Stoffe hatten wir immer gleich. Es gab dadurch manchmal auch kleine Probleme. Wenn ein Kleidungsstück im Wäschekorb lag, wir beide aber behaupteten, das saubere Teil gehörte ihr. Echten Streit gab es deshalb nie. Wir gingen tanzen und unternahmen Ausflüge nach Spanien. Von unserer ersten Spanienfahrt, die wir 1960 unternahmen, will ich hier berichten. Ich hatte einen Fiat Weinsberg erstanden, feuerrot mit weißem Dach und 34 PS. Das Benzin war noch erschwinglich, damals betrug der Preis um die 50 Pfennig pro Liter. Wir ließen den kleinen Wagen von Carlo auf Reisetauglichkeit überprüfen. Gori versorgte uns mit guten Ratschlägen und einer Gaspistole. Man konnte ja nie wissen! Wir packten unsere Koffer ins Auto. Zur Abfahrt trugen wir wieder einmal die gleiche Kleidung:

rote Bluse, blauer Jeansrock mit Latz und großen Taschen. In meiner Rocktasche verstaute ich dann die Gaspistole. Wir nahmen Abschied von den Eltern, und los ging es. Die Autobahnen und Landstraßen gehörten damals nur ganz wenigen Autofahrern. So begegneten uns in Frankreich auf einer Landstraße Bekannte aus unserer Nachbarschaft. Es handelte sich um die Schwester von Siegfrieds Freund Ottokar und deren frisch angetrauten Ehemann. Welches unverhoffte Wiedersehen in dieser fremden Gegend! Wir erkannten unsere Fahrzeuge anhand der Kennzeichen und hielten an. Nach einem kurzen Plausch über unsere bisherigen Reiseerfahrungen setzten wir unsere Fahrt fort. Wir übernachteten auf dieser langen Strecke zweimal. Die erste Übernachtung erfolgte in Besançon, in einem Privatquartier. Bei dem Gedanken an diese Stadt sehe ich eine wunderschöne Sonnenuhr vor mir. Am frühen nächsten Morgen versorgten wir uns mit Getränken und einem frischen, knusprigen Baguette vom Bäcker. Dann brachen wir auf in Richtung Südfrankreich und Pyrenäen. Unsere Fahrt verlief bis zum nächsten Übernachtungsstopp auf einer schnurgraden Straße bergauf, bergab, durch schier endlose Weinfelder. Als einziges Auto fuhr ein großer schwarzer Wagen schon viele Kilometer hinter uns her. Er hat die gleiche Strecke vor sich, dachten wir. Als wir ein menschliches Bedürfnis verspürten, hielten wir nach einer entsprechenden Möglichkeit Ausschau. Aber kein Haus, kein Baum, kein Strauch in Sicht. Unser Bedürfnis meldete sich immer dringender. So fuhren wir von der Straße ab, hinein in einen Feldweg zwischen Rebstöcken. Als wir anhielten, stand in einigen Metern Entfernung auch der schwarze Wagen hinter uns. Da wir nicht länger warten konnten, stiegen wir aus und liefen zwischen die Rebstöcke. Als wir uns umsahen, lief ein dicker, schwarz gekleideter Mann so um die 60 Jahre in der nächsten Rebstockreihe in unsere Richtung. Ohne unser „kleines Geschäft" zu verrichten, rannten wir mit der Gaspistole in meiner Hand zurück zum Auto. Die Angst steckte uns noch lange in den Gliedern, und jenes Bedürfnis war erst mal verdrängt. Irgendwann sahen wir unseren Verfolger nicht mehr. Inzwischen wurde es dunkel, und wir mussten uns für die Nacht eine Bleibe suchen. Es regnete in Strömen. Ich wurde müde und das Fahren bei diesem scheußlichen Wetter wurde anstrengend. Katharina besaß ihren Führerschein erst kurze Zeit und wagte noch nicht, das Auto in einem fremden Land zu steuern. Erst in einer kleinen Pension in Montpellier konnten wir entspannen. Wir aßen noch eine Kleinigkeit von unserem Reiseproviant und begaben uns dann zur Ruhe. Da ich besonders vorsichtig war, versicherte ich mich erst noch, ob die Zimmertür wirklich verschlossen war, schaute in den leeren Schrank und unter die Betten. Am nächsten Morgen fuhren wir nur noch wenige hundert Kilometer in Richtung Barcelona. Über die Pyrenäen dauerte die Fahrt mit unserem kleinen Pkw entsprechend länger. Aber er bewältigte die Berge mit Bravour. Wenn auch langsam, so fuhr er doch an schweren Limousinen vorbei, die am Straßenrand mit offener Kühlerhaube dastanden und „kochten". Gesund und munter erreichten wir unseren Urlaubsort Blanes an der Costa Brava. Dort verbrachten wir wunderschöne gemeinsame Ferien. Später heiratete Katharina nach Spanien, wo sie heute noch lebt.

Abschied von den Eltern

Wir lebten in unserer Familie, bis unsere Eltern an schweren Krankheiten nach einem Leben voller Leid, Not, Sorge und Angst um die nächsten Angehörigen kurz nacheinander verstarben. Zuerst verstarb mein Vater 1963 und ein Jahr später meine liebe Mutter, die seit der Flucht kränkelte. Sie hat bis zu ihrem Tode den Verlust der Heimat nicht verwunden.

Meine Eltern in Hannover, 1950

Mein Leben als Ehefrau und Mutter
Bei einer Feier zum 60. Geburtstag des Schwiegervaters von Karl-Heinz lernte ich meinen Mann kennen. Onkel Karl hatte alle seine Angelfreunde eingeladen, darunter auch meinen zukünftigen Ehemann Hans-Jürgen. Von diesem Zeitpunkt an waren Hans-Jürgen und ich unzertrennlich. Wir heirateten 1966. Ich gebar 1967 und 1969 unsere Töchter Katrin und Birgit. Als die Kinder später das Gymnasium besuchten, nahm ich halbtags meine Arbeit als Sekretärin in der Kommunikationsabteilung bei der Deutschen Messe AG wieder auf. Später steigerte ich die Arbeitszeit nach und nach je nach Arbeitsanfall auf Vollzeitbeschäftigung. Zusätzlich arbeitete ich viele Wochenenden wie die meisten meiner Kollegen. Das wurde erforderlich, um die bevorstehenden Messen mit vorzubereiten und durchführen zu können. Bei der Messegesellschaft arbeitete ich insgesamt 18 Jahre lang. Die Abteilung, in der ich tätig war, versorgte die Ausstellerstände auf Antrag mit Telefonanschlüssen. Auf Wunsch erhielten die Aussteller für ihre Sonderveranstaltungen zudem diverse technische Geräte wie Lautsprecher oder

Simultananlagen. Der Abteilungsleiter fungierte auch als Leiter der Werkfeuerwehr. Ich war nicht nur für den üblichen Sekretariatsbereich zuständig, sondern wurde in alle Aufgabenbereiche dieser Abteilung involviert, was meine Arbeit besonders interessant gestaltete. 1996 verabschiedete ich mich mit einem lachenden und einem weinenden Auge in den Ruhestand. Jedes Jahr im November gibt es ein freudiges Wiedersehen mit den ehemaligen Kollegen, wenn die Deutsche Messe AG alle Rentner und Jubilare zur Jahresabschlussfeier einlädt.

Meine Hochzeit, 1966

Mit meinen beiden Töchtern Katrin und Birgit, 1971

Katrin und Birgit im Fasching, 1973

Glücklich mit meiner Familie zu Weihnachten, 1989

Rückkehr in die verlorene Heimat

Das erste Mal nach der Flucht sah ich meine Heimat Bad Ziegenhals im Sommer 1989, kurz vor der „Wende", wieder. Meine Tochter Birgit begleitete mich. Sie war auf diese Reise genauso neugierig wie ich. Da wir ja wussten, dass alle Lebensmittel dort knapp oder gar nicht erst zu haben waren, statteten wir uns mit allen nötigen Reiseutensilien reichlich aus. Ich tankte meinen Fiesta noch einmal voll und los ging die Abenteuerfahrt. Die Fahrt verlief fröhlich und problemlos, bis wir kurz hinter der DDR-Grenze eigentlich hätten rechts abbiegen müssen, aber geradeaus weiter fuhren. Sofort wurden wir von der Volkspolizei (kurz Vopo) angehalten und gefragt wohin, weshalb, zu wem usw. Wir zeigten nach Aufforderung unsere Ausweise vor und berichteten ihnen von unserem Reiseziel. Die Vopos verfolgten uns noch einige Kilometer weit, um sich zu vergewissern, dass wir nicht noch einmal vom „richtigen" Weg abkämen. Wir setzten gut gelaunt unsere Fahrt fort und gelangten ohne Schwierigkeiten über die polnische Grenze. Von nun an begannen kleinere Probleme, weil wir keinerlei polnische Sprachkenntnisse hatten Nach Auskunft des Reisebüros, in dem ich das Hotel in Bad Ziegenhals gebucht hatte, würden fast alle dortigen Bewohner noch deutsch sprechen. Dies war aber leider eine Fehlinformation, und so kamen wir weder mit Deutsch noch Englisch, Französisch oder Spanisch weiter. Wir wollten ja Richtung Oppeln und Neisse, allerdings war die Beschilderung in Polnisch gehalten, und mit den angesprochenen Personen konnten wir uns nur in Zeichensprache verständigen. Das ergab Missverständnisse und so fuhren wir in die falsche Richtung weiter. Damals wäre uns ein "Navi" eine große Hilfe gewesen. Schließlich fanden wir uns in Breslau wieder, das gar nicht eingeplant war. Irgendwie wurde uns dann doch der richtige Weg gewiesen, und wir erreichten am späten Nachmittag das gebuchte Waldbadhotel. An der Rezeption überreichten wir einer jungen Dame mit einem freundlichen Begrüßungslächeln unseren Reservierungsschein. Mit diesem wusste sie nun überhaupt nichts anzufangen. Sie deutete uns in Zeichensprache an, ein Weilchen zu warten. Nach geraumer Zeit erschien ein Mann namens Olek, so um die 40 Jahre alt, und sprach uns in perfektem Deutsch an. Nach Verständigung über unsere Reservierung nahm er unsere Koffer und trug sie in die erste Etage. Dabei schaute er ganz forschend nach den Zimmernummern an den Türen, was mich schon ein wenig wunderte. Ein Zimmerjunge sollte eigentlich die Zimmernummern kennen. Zudem erschien es mir merkwürdig, dass er das vom Reisebüro empfohlene Trinkgeld von mir schon vorher an der Rezeption nicht angenommen hatte. Durch das Trinkgeld erhofften wir uns ein besseres Zimmer zu erhalten. Das bessere Zimmer erhielten wir, jedoch war es sehr simpel eingerichtet. Da baummelten die Kabel lose herum und die Steckdosen hingen aus der Wand heraus. Im WC wurde die Wasserspülung durch den Zug an einer Schnur in Gang gesetzt, die über eine Kugel mit Noppen verlief. Dann näherte sich die Zeit zum Abendessen. Wir gingen hinunter und betraten die Gaststube. Als wir uns gerade an einem Vierertisch am Fenster niedergelassen hatten, erschien Olek und setzte sich zu uns. Wie sich herausstellte, war er kein Hotelangestellter, sondern ein guter Freund des Hoteldirektors und selbst Fabrikbesitzer. Diese Tatsache erklärte uns die Missverständnisse bei unserer Ankunft. Jeden Abend wiederholte sich das gleiche „Spiel". Wir aßen ein Schnitzel, dünn wie eine Schuhsohle, und Bratkartoffeln in Fett schwimmend. Anschließend ertönte Musik, und es wurde getanzt. Wir hätten uns gern nach dem fetten Essen ein bisschen bewegt, ganz besonders Birgit, aber Olek wies alle um einen Tanz bittenden Herren ab. Als wir ihn fragend anschauten, meinte er, sie würden alle zu viel trinken. Ob das stimmte?

Während unseres dortigen Aufenthalts begleitete Olek uns von morgens bis abends und wurde eine großartige Bereicherung. Er war für uns der perfekte Begleiter als Dolmetscher und Reiseleiter. Er führte uns zu Sehenswürdigkeiten, an die ich mich nur noch schwach erinnern konnte oder die ich nur aus den Erzählungen meiner Eltern kannte. Er fuhr uns auch zu einem romantischen Freibad mit einem glasklaren See. Er schien so sauber und zum Schwimmen einladend. Dabei wurde ich stutzig, ich sah nicht einen einzigen Fisch. Aus einer Anglerfamilie stammend gilt mein erster suchender Blick in Flüssen und Teichen den Fischen. Hier erwartete ich vor allem Forellen und Karpfen. Ich fragte Olek nach dem Grund. Er sagte uns, dass mit dem Teichwasser Uran gewaschen wurde. Nicht zu fassen! Erwachsene und sogar Kinder tummelten sich unbekümmert und fröhlich in diesem Wasser.

Als wir eines Vormittags an einem Eisstand ein Softeis für uns beide erstanden und mit einer D-Mark bezahlten, wollte der Eismann Wechselgeld herausgeben. Ich bat ihn, dafür den vier oder fünf hinter uns anstehenden Schulkindern eine Kugel zu reichen. Alle Kinder bekamen ihre Waffel mit Softeis. Wir konnten kaum glauben, wie viel Eis wir für nur eine Deutsche Mark erhielten.

Birgit mit unserem Begleiter Olek, 1989

Birgit am Stausee von Ottmachau, 1989

Für die Vergrößerung dieses Sees wurden nach Kriegsende mehrere Dörfer geflutet. Die Größe des Sees verdoppelte sich daraufhin in etwa.

Das Haus in Bad Ziegenhals am Benediktsberg vor dem Verfall, 1989

In Bad Ziegenhals, Promenadenstraße 29 mit Olek davor, 1989

Man erkennt die vormals stilvolle Hausfront mit zugemauertem Seiteneingang. Das Kabel von der Beleuchtung über dem früheren Eingang hing 10 cm lang aus der Wand.

Badbahnhof in Bad Ziegenhals, 1989

Von diesem Bahnhofe holten Katharina und ich als kleine Mädchen am Wochenende unseren Vater vom Zug ab. Dabei trugen wir unsere Sonntagskleider und eine Schleife im Haar, dazu weiße Kniestrümpfe und schwarze Lackschuhe. Heutzutage ist der Badbahnhof leider komplett verschwunden.

Postkarten von Bad Ziegenhals (polnisch Glucholazy), 1989

Besuch in Bad Ziegenhals 2011

Als ich mit meinen Töchtern und Enkelkindern 2011 Bad Ziegenhals besuchte, saßen wir Erwachsenen auf der Hotelterrasse in unmittelbarer Nähe zum Waldbad und genossen Erfrischungsgetränke, während sich meine Enkelkinder - Henrik (12), Merle (10), Anike (9) und Birte (7) in der Kneippanlage vergnügten. Von der Terrasse aus hatten wir sie im Blick. Parallel zum Schwimmbad und zur Parkanlage, getrennt durch eine Straße sacht den Berg ansteigend, befanden sich eingebettet in Grünanlagen exklusive Kurhotels und Lungenheilstätten.

Meine vier Enkelkinder: Birte, Anike, Merle und Henrik (von links), Silvester 2008

Am Ende unserer Promenadenstraße rechts, in Richtung Stadtmitte, befand sich das Café Lake. Wie ich erfuhr, traf die Stadt eine Bombe, die ausgerechnet auf dieses Café fiel. Inzwischen wurde das Haus wiederhergestellt und seine Fassade wunderschön restauriert. Bei einem Blick durch die offenstehende Eingangstür wurde ich enttäuscht: Finster, uraltes und verbrauchtes Mobiliar, alles nicht einladend. Überhaupt wurde bei einzelnen Gebäudefassaden das ursprüngliche Aussehen wieder hergestellt, aber eben nur bei einigen. Jedenfalls können sich Fremde nicht vorstellen, wie sehenswert prächtig und anziehend das Städtchen auf Kurgäste einst wirkte. Leicht wiederzuerkennen nach all den vielen Jahren waren unser Kindergarten, unsere Schulen und das Krankenhaus der Stadt. Fast sämtliche Gebäude befanden sich in einem Zustand, den man sich nach mehr als 60 Jahren ohne Pflege und Instandhaltung vorstellen muss.

Nach dem Besuch von Bad Ziegenhals im vergangenen Jahr habe ich mir vorgenommen, diesen Besuch zu wiederholen, dann aber mit einem ausgedehnten Ausflug ins Riesengebirge. Ich bedauere, dass meinen Eltern solch ein Besuch versagt geblieben ist.